大展好書 好書大展

大展好書 好書大展

文學叢書 9

午夜吹笛人

陳長慶 著

大展出版社有限公司

來自巨靈掌中的笛音

——序陳長慶《午夜吹笛人》

謝輝煌

韓愈在《送孟東野序》裡說：大凡物，不得其平則鳴：：：人之於言也，亦然。有不得已者而後言，其歌也有思，其哭也有懷。」申而言之，任何形式的文學作品，都是作者表達意見的載體與舞臺。《午夜吹笛人》自不例外，今作者陳長慶既已「吹」起他的「笛」音，其中必有「不得其平」的「心中無限事」（白居易〈琵琶行〉〉，否則，他應沒有那個閑情作「短笛無腔信口吹」（宋雷震〈村晚〉）的消遣。

究竟，陳長慶「爲何而吹」？又「吹」出了什麼消息呢？請聽：（摘要）

——我將用筆尖沾著血液和淚水，為苦難的時代和悲傷的靈魂做見證。（「寫在前面」）

——今天未過，那知明天是什麼氣候？（第四章）遇到戰爭，誰還能把希望寄託在明天。有了今天，過不了明天，是常有的事。（第六章）

——生活在這個時代的浯鄉子民，註定是這場戰爭（指八二三砲戰）的犧牲者，難道該用鮮血換取和平，用屍首弭平這個苦難的年代。（第六章）戰爭沒有絕對的贏家，輸得最慘的，永遠是善良的百姓。（第七章）

——官派的（村）指導員，什麼都是命令，動不動要抓去槍斃。築工事還要自己帶飯，在匪砲的摧殘蹂躪下，在政府官員的脅迫下，我們已成為沒有尊嚴的三等國民。（第七章）

——耳際傳來美鳳一陣陣痛苦的呻吟聲，聲聲都像針一般地猛戳著我的心胸。我深知，晚上十點戒嚴宵禁，一切由不得你不聽不從，動不動軍法大刑伺候，管你是死是活。村公所有通行證，總算他（指副村長）的良心沒有被五加皮酒毒化，心生同情，拿出那張比他祖宗十八代、比他祖宗神主牌還管用的通行證。我拿了就走，這種狗腿子，不值得我們稱謝。（第二十九章）

——「從軍」只是想遠離這塊即將被砲火吞噬的島嶼；「報國」二字對一個長年生長在這塊島嶼的順民來說，的確是倍感遙遠。（第十章）「報國」不一定上前線，信仰三民主義也是「報國」。早知如此，何不早就「從軍報國」，免得在家聽砲聲，躲砲彈。（第十一章）退伍並不代表我們不愛國，在社會上盡一己之力，也是報國。（第十五章）

——這是現時代的悲傷和無奈，也是浯島子民負笈他鄉求學謀職，所必須面對的問題（指往返交通困難及安全檢查等），我們不得不屈服於現實。（第十章）我能理解，這是一個非常時期，因為我們時時刻刻都在準備反攻大陸，因而要戒嚴，需要設限，讓人民永遠痛恨沒有居處的自由。（第二十一章）

——一切都怪這場戰爭（指內戰），讓人妻離子散、家破人亡。落葉既不能歸根，就任它到處飄揚吧。我已年老，你卻力壯，有一天，你必須帶著美鳳，回到你的家鄉（指金門）。（第十四章）我也不明白為什麼要把這支笛子送給你，彷彿你的歸鄉，能為我捎來一些鄉訊，因為你站在太武山頭，就能望見我的故鄉……「我們將同乘希望的翅膀，陪你在太武山頭喚爹娘」。（第二十一章）

——我們不希望它成為一個繁華的都市，如果能保留一個祥和的農村風貌，延續純樸的民風習俗，讓金門這艘不沉的戰艦，不僅是因戰爭而聞名，而是它的純樸、它的人文氣息，才是世人推崇注目的焦點。（第二十三章）

原來，作者在書中「吹」出了這許多「消息」，足證任何一篇小說，都是作者「有的放矢」地，在利用人物、場景、情節等，做爲一個虛構故事的硬體材料，然後在故事的進行中，見機而捉，把心中已製作完成的軟體（欲表達的意見）鑲嵌進去，做爲整部小說的靈魂，使其「歌也有思，哭也有懷」，而大放光彩。

小說離不開故事。《午夜吹笛人》，是通過一個幼年失去母愛的金門青年，經歷後母的虐待、兄弟的分離、八二三砲火的摧殘、父親及後母的相繼過世、從軍、退伍、在臺灣結婚、創業、妻子流產、回鄉、妻子難產身亡等大半生不幸遭遇，表達了對國共內戰、反攻大陸、戰地政務、從軍報國、志願留營、葉落歸根、及金門還政於民後等種種問題的看法與願景。人物雖小，故事也不夠曲折離奇，但卻是一頁活生生的戰地小人物的血淚史，是戰爭巨靈掌中流瀉出來的哀怨笛音。

從以上的文摘中，不難看出作者所表達的大部分「意見」，在「非金門人」看來，是要「跌破眼鏡」的。原因是幾十年來，大家習慣了「反共復國」、「從軍報國」、「軍民合作」、「軍愛民、民敬軍」等報導與禮贊，這些當然也是事實。但，月亮裡也有陰影。即同一事象，對軍民或前後方，或當事人與非當事人的感受往往不一，甚至相反。例如：早年軍隊全部借住民房，在有作物的田地挖戰壕、打野外，在海灘架鐵絲網、埋地雷、管制進出，及全面實施宵禁等，軍人的感受是「理所當然」，後方的感受是「防務堅強」，但前線民眾的感受則是「苦不堪言」與「有口難言」。又如：鄰居的兒子去從軍報國，跟自己的兒子去從軍報國，感受絕不會一樣。又如：「與戰地共存亡」，多麼慷慨激昂，多麼驚天地泣鬼神，但他們在戰地外的親人，則是天天在膽顫心驚中，求神拜佛過日子。即使同在戰地的軍民，彼此的心情也絕難一同。例如：軍人在作戰到某個階段，有換下來喘氣的機會，或輪調到臺灣來「享福」一個時期，居民卻只能仍守著破碎的家園，過一天算一天。因爲，他們雖也有鐵打的營盤（祖厝、田地），可沒法變成「流水的兵」。他們生於斯、長於斯、歌於斯、哭於斯、死於斯、葬於斯，永遠沒有「輪調」。砲彈來時，硬著頭皮頂；砲彈不來時，咬緊牙關，修屋補網，整田理地、看天播種。所以，不是個中人，難知個中苦。金門開放觀光後，觀光客在飽享風光及口福之餘，是否注意到民俗村裡守著風雨、夕陽待黃昏的老婦人？她們還不如那一排蒼老的白千層。

戰地政務，是在反攻大陸的設計下，站在「上馬殺敵，下馬治民」的觀點來看的。如果，沒有戰爭，又何須「保鄉衛家」？不過，金門歷屆的主任委員及官員們，也不乏愛民如子之心。但在基層幹部中，拿著雞毛當令箭，而又沒擔當者，也決非絕無僅有。否則，作者不會搊出「這種狗腿子，不值得我們稱謝」的狠話。其次，負責「出入境」安全檢查的「大員」，要說沒有「傲慢、無禮、囂張」及「扣下洋酒」等惡形惡狀，那也太「善化」他們了。如果真的「不是這樣」

，則爲人頗有「古意」的作者，諒不會如此「抹黑」他們。因爲，作品出來後決難逃讀者的嚴格檢驗與裁判。

總之，金門人半世紀來所受的苦難，決非「境外人」或「過客」所能盡知，也不是一句「海上公園」所能遮掩。只是，在「士氣第一、光明爲先」的時代，沒人願意去「掀鍋蓋」而已。畢竟，我們終於「進步」到能說真話的階段，這是作者之福，也是所有作家和詩人的福。

老實說，金門不僅是兩岸之間的「是非之地」，也是蔣介石和胡璉的「是非之地」，更一度成爲臺灣政壇的「是非之地」。這是中共當年在古寧頭慘遭滑鐵盧所留下的後遺症。因而才有「古寧頭的勝仗究竟是誰打的？」的是非題，才有蔣介石「守不住金門？」的是非題，才有「戰地政務是成是敗？」的是非題，才有中共「八二三砲戰該不該打？」的是非題，才有民進黨「金馬要不要撤軍？」的是非題。但，是非題還沒有做完，歷史老人，一直在這塊島嶼上開玩笑，一直導演著「禍福相依伏」的連續劇。如書中的阿雅，因戰爭而由政府輔導，轉學臺灣，終能完成大學教育，便是前人鮮血後人鮮花的例子（這種例子，在當今國內文壇、畫壇上，光是手指已不夠數了。其餘各業各行，出類拔萃者，更不勝枚舉）。只是，這篇小說，旨在記錄那個時代的「血液和淚水」，角度不同，著墨自有輕重濃淡之別。

就技巧而言，在這篇小說中，作者並不刻意地去製造大衝突、大高潮，只是用平實的語言，說平實的故事。對話方面，絕大多數都是用母語來完成，鄉土味特別醇厚。人物刻劃方面，最突出的該是後母李仔玉。從外表到內心，都沿著毒辣的路線去型塑，暗示了一種不祥的結局。其次是三叔公，只露幾下臉，那個正義的形象卻令人難忘。武上士的內斂與幽怨，也寫得很好。一支韋瀚章詞、李中和曲的《白雲故鄉》，吹醒了異鄉人葉落歸根的情懷，有家不能歸的哀思，並與孫伯伯的鄉愁完成，一拉一唱的搭配。此外，砲戰一角的描寫，既不誇大，也不掩飾，而戰爭的殘酷，自在大姆婆孤零的頭殼上那雙不閉的老眼裡。而《午夜吹笛人》居住的場景，只用「屋外有墳墓，夜晚有鬼火，三更有笛聲」十五字，建構了一幅淒冷的畫面，這是相當洗鍊的。至於人物的出場與退場，以及情節的過片，都能交代得清楚明白，不會使人有鑽迷霧的感覺。

最後要多說幾句的是：寫小說，不是光寫一堆熱鬧的亮片；看小說，也不是光看一堆花團錦簇。《昔時賢文》有句云：「大抵選他肌骨好，不敷紅粉也風流。」《午夜吹笛人》這篇小說，是夠得上這個「肌骨好」的水準的。

八九、九、廿一　於臺北中和

目錄

目錄

《午夜吹笛人》

寫在前面

人是因生而活
而非因活而生
文學脫離不了人生
人生也因文學而豐盈
我將用筆尖沾著血液和淚水
爲苦難的時代和悲傷的靈魂
做見證……

連續幾天了，在夜深人靜、午夜夢迴時刻，我都會被一陣陣幽揚而略帶悲悽的笛聲吵醒。

長時間的思索，俗務的纏身，遂使我的腦細胞部份失去了功能，久而成了難癒的腦神經衰弱。鎮定的藥物，控制不住夜鶯的哀嚎、野貓的叫春；而屋外那聲聲笛音更讓我輾轉難眠。我曾經想起身看個究竟，卻因門外細雨霏霏而作罷。我企圖從窗外尋找笛音的源頭，卻被矇矓的霧氛所阻擋。

這白茫茫的雨夜，始終是淒涼難忍，我也聽不出那悲傷的笛音是什麼曲調。急欲解謎的還是——

午夜吹笛人。

如果是一位正常人，絕對不會選擇在這夜深細雨霧茫茫的午夜時分，在這方空曠的廣場，吹奏這款淒美的小調；或許只有浪漫的詩人和藝術家，以及在感情上遭受打擊和失意的人，才有如此的情懷，凡人如我，若非腦神經失常，讓我夜夜難眠，此刻，必也是躺在眠床上，尋找人生美麗的新世界，……………。

笛聲時起時落，我的精神猶如沈睡過後那麼地飽滿，思維浮起一首首美麗的無言詩，腦海裡顯現出一個個淒美動人的故事。我在木棉樹下的鐵椅旁，找到了——午夜吹笛人。

他披頭散髮，滿臉鬍鬚，一件老舊的夾克，破損的牛仔褲，僵立著身軀，緊握住邦笛，斜依在木棉的主幹上，目視著霧濃燈暗的前方，臉上晶瑩的液體，不知是霧氛還是水珠。

這方木棉道是我經常休憩漫步的地方。木棉開花時，我曾經在這兒品賞；木棉葉落時，我曾經一片片地撿拾疊放著，雖然有些已捲曲，有些已破損，但我一直欣賞它們那份殘缺不全的美感。今兒群樹被茫茫的霧氛所籠罩，地面也是濕漉漉地一片。木棉開花時節已過，翠綠的葉片並非是靈感的泉源。我此刻面對的彷彿是一具僵屍，或者是霧夜裡的一個鬼魂，如果用「毛骨悚然」這句成語來描述我此時的心境，是再恰當不過的。我深深的吸了一口氣，冰冷的手腳與霧夜裡的寒意無關。一向標榜是不問鬼神的信仰者，卻懼怕於鬼神……這是不合邏輯的想法。

木棉樹上的水滴在我臉上幻化成一片冰涼。如果我面對的是「人」，他卻比「鬼」還可怕。是否要以他的冷漠來融化這片霧氛，還是在他內心裡隱藏一個不欲人知的故事？雖然我找到了笛音的源頭，也尋覓到這位古怪的吹笛人，但卻在「人」「鬼」之間，讓我無法分辨。我在鐵椅上坐下，腦裡陷入一個荒謬的思維，我期待那哀怨淒美的笛音再次響起。然而，我的期望快速地變成了失望；他啓步走動，走向木棉道上的南端。在暗淡的街燈下，是一個傴僂的身影在晃動，逐漸地，濃霧已遮掩住他的身影。我已失去了破解謎團的先機，就讓謎團在我內心裡滋長，也讓時光繼續走遠。然而，我卻一直想念著——

午夜的笛聲和吹笛人。

今年五月，《金門寫作協會》「讀書會」以我的作品《失去的春天》爲主題，在金門縣立文化中心舉行研讀討論會，《金門日報》記者陳榮昌先生、《金門晚報》記者陳延宗先生都在隔日的報刊做了詳細的報導；甚至把我這頭關在欄裡喘渡餘生的老牛照片也一起刊登。我並不冀望這本書能爲我帶來什麼，但作品受到肯定，卻是作者最大的榮耀！因而我暗中自喜，更高興多賣了幾本書。

一個落雨的夜晚，我正準備收攤打烊，驀然驚見一位陌生客佇立在我的書報攤前。他竟然是那位怪模怪樣的——

午夜吹笛人。

此時，街燈已暗，大地在雨夜裡沈睡。這位陌生客的出現，更讓冷寂的街道，平添幾許荒涼；因爲我曾經懷疑他不是「人」，而是「鬼」。當然，在科技昌盛的今天，我的想法近乎幼稚；雖然有許多的靈異事件，讓我們半信半疑，心生膽怯，但實際上只是傳聞，我們並沒有真正遇見過、經歷過。

我並沒有刻意地和他打招呼，雖然期盼著再次聆聽他的笛聲，也想從他這副模樣裡尋找一些有利於我創作的靈感。然而，正當我陷入沈思時，他突然地遞給我一張紙條和三張百元鈔票。我會意到他要買《失去的春天》這本書，我訝異又驚喜，內心的悸動難以表明。如果他真是「鬼」，比是「人」還讓我高興。我的理由絕不牽強，因爲我的作品也流傳到陰曹地府，怎不讓我雀躍萬分？

他接過我遞給他的書和找的錢，並沒有立即走離，反而攤開扉頁，取了筆，要我在書上簽個名。這是讀者和作者間最常見的互動，我不加思索地疾筆寫下：

願你生命中的春天，
永遠光輝燦爛！

「謝謝你！」他終於啓開了金口，聲音低沈地說：「春天已從我內心裡走遠，我面對的是酷寒冰冷的冬天。」

這句華麗悅耳的辭句，如果沒有文學素養，想必難以用言辭來表達。然而，我並不想揣測他是音樂家、作家，或許是揮舞著彩筆的藝術家，在我的思維裡，他的影像一直是一位──

午夜吹笛人。

曾經在那個夜霧茫茫的午夜，聆聽他的笛聲，目睹他遠離後，我渴望和他再相逢，再一次地傾聽他淒美的笛聲。而此刻卻是無言地面對，似乎有處之泰然之感；以往的希冀和渴望，彷彿已是過去的雲煙，來也匆匆，去也匆匆。

人生的際遇，友情的建立，有時也不得不歸功於造物者，他經常地在夜晚光顧我經營的小書攤。在沒有深刻地相互瞭解下，我們談論的層面很薄弱，更不能輕率地觸及他淒美哀怨的午夜笛聲，也不可能談論我的作品；彼此心裡所隱藏的，想必比傾訴的還多。而何時何日我們才能敞開心胸，掏空猜忌，盡情地暢談。

或許我的作品他已讀完，他的笛音餘韻猶在我耳際繚繞。我始終相信，古今中外，有許多動人的故事，是從「人」的身上揭發出來的。尤其「凡人」認爲是「怪人」的身上特別多，所揭發出來的往往又是精品。然而，我能親自揭開他心靈深處神秘的面紗嗎？那是不能的，悅耳的笛聲，是我無意中聽到，無知的孩子始能強迫父母說故事。我腦中所思所想，距離現實環境倍感遙遠，一切回歸於自然，讓自然來引導一切⋯⋯⋯⋯。

連日來受到梅雨鋒面的影響，時而大雨，時而小雨，不停地落著。室內室外陰沉潮濕，雨聲水聲響個不停。用「門可羅雀」來形容我這個小小書報攤的生意，或許再恰當不過。然而，我內心卻非常坦然，始終沒有忘記經營這方小書攤的原意，除了養家活口，最終的目的是爲了讀書閱報，想從其中汲取更多的知識，來彌補自幼失學的缺憾。

我搬來一張塑膠靠背椅，倒了一杯高粱酒，放在低矮的書架上，翹起難得停歇的腳，啜了一口酒，含在嘴裡，久久捨不得把它吞下，只想品嚐它古老的醇香和風味，並非想喝它個醉茫茫。偶而地閉上眼，想一想，想起從前，想到現在，或許這是我此生最愜意的時刻。但這快樂時刻並沒有維持多久，朋友來了，他一舉一動，內形外表，似乎有著與常人不同的細胞與氣質，是俗稱的「猸郎」，還是醫學上所謂的「精神病患」。然我此時必須排除這些負面的聯想，只感到我們隨著時序的運轉，已建立了一份超俗的友誼，但我一直疑惑，相當的年歲，是否有相同的思想？任誰也不敢冒然地下定論。

我遞給他一杯酒，他不是細品，而是飲下一大口。他沒有皺眉，也沒有痛苦表情，像口含甘泉般地那麼舒爽，那麼過癮。我也不能就此論定他是「酒國英雄」，是千杯不醉的「海量」。

「老哥。」他在我身旁一疊待退的舊報紙上坐下，「或許，我們有相同的嗜好和興趣，但做生意的地方，似乎不適合我們飲酒暢談。」

「你的意思是另外找個地方暢談豪飲？」我仰起頭，看看他說。

他點點頭。點出一臉的冷酷和落寞。

如果真能讓他酒後吐真言，或許，我今晚的收穫比守在這雨夜裡的書報攤還豐碩。

如果能激發他深藏不易輕露的潛能和意識，再次聆聽他的笛聲，我內心裡將衍生出一份難以言喻的喜悅。

我撐著一支五百萬的大傘，自己清楚只是雨中傘下的一個凡人，沒有藝術家的豪放，腦裡每一個神經系統都很正常，而是否認爲走在雨中，仰頭狂笑的朋友不正常呢？我接觸過的是《人物刻劃基本論》，卻從未涉獵任何一家的「心理分析」。他的行爲、舉止、言談是否異於常人？還是我這個「凡人」有「不凡」的思維和想法？

我毫無顧忌地由他引導，從木棉道上往南端走，經過一條蜿蜒的小溪，進入右側的羊腸小徑，在小溪的源頭，巨巖重疊的山坡下停住。這兒距離市區雖不遠，卻只有眼前這幢簡陋的小屋宇，在黑暗的雨夜裡顯現。然而，我並沒有看清它的結構體是用什麼材料砌成的。

他一腳踹開房門，發出一陣令人心悸的響聲，屋內凌亂不堪，氣味難聞，滿佈灰塵的桌旁，是一盞微弱的燈光。他把一堆髒亂的衣物往床上一扔，空出一張籐椅。

「老哥，請坐。」他把籐椅挪近我身邊，「委曲你了。」

「不，我喜歡這裡的清靜。」

「清靜？」他重複我的語辭，「屋外有墳墓，夜晚有鬼火，三更有笛聲，幾時能清靜？」他說著，順手拿起一件衣服，猛力地擦拭著髮上的雨水，而後順手一扔，高聲地說：「喝酒！」

我們似乎忘了來此的原委，即沒有豪飲，也沒有暢談。讓美好的時光在滴滴答答的雨聲中消失。突然間，他猛飲了好幾大口，喃喃地說了一些我聽不清楚的話，而後，激動地取下懸掛在牆上的笛子，用舌頭快速地舔著音孔，閉上雙眼，吹奏起讓屋外的鬼魂也感到淒涼的曲調。一遍遍，一遍遍，不停地重複吹奏著，欠缺音樂素養的我，的確賞不出他笛音裡蘊藏著什麼動人的故事，只感到有一股讓人難以忍受的悲傷氣息，在雨夜裡縈繞。

笛音停後，他已淚流滿臉。我們也平分了大半瓶的高粱酒，彼此的言談不多，但如果再沈默不語，良機必然從夜雨中失去蹤影。我一直期盼著，等待著他酒後向我傾訴的真言，今夜是否會讓我失望呢？還是要等待明日雨停後，旭日東昇時。

終於他的情緒不再失控，淚流過後更加清醒。

「老哥，如果你不嫌棄，請把我們的相遇，記錄在你腦海的更深處。」

「不，還不夠。」我極端慎重地說：「我想記錄的何止是這些。」

「還有什麼好記錄的呢？」他不解地反問我。

「在《失去的春天》裡，我記錄著陳大哥；在這淒風苦雨、鬼火閃爍的夜晚，我想記錄的是你——

午夜吹笛人！」

「我知道你的用心，我也曾試圖用自己的筆，爲我坎坷的一生，不幸的遭遇留下一個永恆的回憶。然而，我失敗了。我敗在自己笨拙的筆下，在人生這個滿佈荊棘的舞臺上，我已失去了鬥志、失去了信心。寄生在這茫茫的人海裡，過著行屍走肉般的生活。酒，讓我遺忘現在；笛聲，讓我想起從前。朋友已走遠，親人互不往來。我與墓地爲鄰，靠著救濟，過著與眾不同的日子。我無憾，更無所冀求。」

「你的無憾，或許是這個現實社會裡的有憾。但各人有各人的生活方式，不同的表述空間。人是因生而活，而非因活而生。今晚我們沒有因酒而醉，而是因這淒美的雨夜而歡欣。或許，兩顆有血性的心靈已因緣而交集，而互動。文學脫離不了人生，人生也會因文學而豐盈。今晚，我將用筆尖沾著血液和淚水，爲苦難的時代和悲傷的靈魂做見證⋯⋯⋯⋯⋯⋯。」

他點點頭。

他告訴我——

我生長在一個悲傷的年代，
不幸的家庭。

第一章

受到委曲　我是
以哭來博取同情
以淚水來想念
阿娘在世時對我們的呵護
其他　又能做什麼
一個自幼在爹娘溫馨懷抱裡
成長的孩子：：：

母親過世時，我七歲，弟弟四歲。

在繼母百般的凌虐下，「臭頭」「爛耳」鼻涕「雙港流」的弟弟，終於要送給鄰村的王家「做囝」。兄弟即將別離，幼小的心靈並不懂得悲傷；唯一想到的是弟弟從此不必呷臭酸兮安脯糊，薄薄的耳朵不必像酸菜般地被扯被擰，臉頰浮現的不再是紅紅的掌印，開襠褲裡、雙腿間一塊塊的瘀青和疤痕也不再湧現。雖然我暗自慶幸弟弟將從此脫離苦海；然而，這些苦難，也將由大他三歲的哥哥全盤承受。

阿母帶著小我二歲的小妹來到我們家，是在阮阿娘「脫孝」過後第二個月的一個上午。

那天，日頭赤炎炎，天氣非常悶熱。富叔公牽著馬，停留在我家大門口的紅赤土埕，馱架的右邊坐著一位挽著髮髻、抹粉又點胭脂兮查某人，左邊是一位梳著兩條小辮子的查某囝仔，以及一個大包袱。馱架的頂端用麻繩綁著一只老舊的大皮箱。阿爸要我搬兩張「椅條」，好讓她們墊腳下馬，也註定我此生要被她們此時懸空的雙腳所踐踏。

她們在富叔公及陸嬸婆攙扶下，相繼地下馬，駄架雖然搖晃了幾下，但並沒有失去平衡。那個抹粉點胭脂的查某，穿著一套白底紅花的對襟仔衫，黑色的萬里鞋，寬鬆的褲管離鞋面很高，更突顯出她上身比腿長的矮個兒。

「伊是汝新來兮阿母。」陸嬸婆把我拉到她的面前，「以後著聽話。」

我仰起頭，看著一張用白粉和胭脂掩飾過的臉，以及一排暴露在唇外的金牙。這是一張難看的臉，阮阿母在世時的和藹可親，疼惜阮兄弟心肝命命，在這張充滿著陰沈、冷酷的臉上是找不到的。往後，我們兄弟不知是生活在這張陰暗的臉下，還是能獲得母愛的溫馨。

猛而地，她彎曲著中指，用凸出的關節，在我的頭上敲了好幾下。我輕撫著從未被敲擊過的頭，不得不忍下一陣陣的疼痛，不得不舉頭，再看一眼她那副猙獰的嘴臉。

「夭壽。」陸嬸婆看在眼裡，不悅地對著她說，「囝仔頭殼軟閣薄，卡輕耶。」

「陸嬸仔，今仔日踏入伊厝兮大門，無先乎伊一點仔臉色看看，以後會爬上阮兮頭殼頂。」她歪著頭，斜眼瞄著我的，彷彿不是黑色的眼珠，而是那層白膜。

「伊這家口忠厚老實，」陸嬸婆低聲地說：「後母疼惜前人囝，才會得到囝仔心。」

阿爸走了出來，把大皮箱扛在肩上，生活的重擔，中年的喪偶，挺直的腰桿已不復見。自從阿娘往生後，木訥的阿爸更是沈默寡言，嘆息聲取代他欲表達的言辭和歡笑。然而，走在他身旁的這位婦人，是否能爲這個家庭帶來歡樂，還是會成爲他此生最大的牽絆？是否能成爲他後半生的賢妻和孩子們的良母，還是一切均在未卜中？

中午，阿爸煮了「白米飯」，「荀片湯」，還有「蒜仔炒肉」，煎了「青鱗魚」。這頓豐盛的菜肴，是爲了迎接一對將陪伴他共進午餐的母女，也同時感謝爲他牽線的陸嬸婆。或許，這也是自阿娘往生後，阿爸所煮的最後午餐。往後，這位新的阿母，將會分擔阿爸的家務，也會陪阿爸共枕眠。但願阿爸的眉頭不再緊鎖，歡笑能取代他的嘆息；肩頭的重擔能減輕，鬢邊的華髮不再滋生，額上不再有深深的溝渠。

好久沒有吃過這麼豐盛的飯菜，但我們兄弟並沒有忘記阿娘在世時的教誨：菜夾面前的，飯只能盛八分，輕咬慢嚼，手臂不能向外伸張。然而，新來的小女孩吃得少，阿母也吃不多，面對味鮮下飯的「青鱗魚」，平時難得吃到的「蒜仔炒肉」，我的胃口奇佳。

「庄跤囝仔，真飫鬼。」她盯著我，冷言冷語地，並沒有把陸嬸婆和阿爸看在眼裡。我停下筷子，看她那金牙縫裡塞滿著綠色的蒜苗和白色的飯渣，我的胃口已不如方才，尚未嚥下的飯菜，依然在嘴裡不停地攪動，難以下肚，卻也不能吐出。

「緊呷！」

或許，她的尖聲是唯一讓我快速地吞下這口飯的理由。阮阿娘是和顏悅色地要我「慢慢呷」，她是疾聲厲色地要我「緊呷」。

我熟練地收拾碗筷，弟弟滿臉疑惑，驚魂未定地跟著我團團轉。失去了親娘教我們悲痛，新來的阿母是否能撫平我們心中的創傷？今天是她踏進我們家門的第一天，也是阿爸生命中第二個春天的開始。然而，我們兄弟嚐的不知是甜頭，還是苦頭？是否能在她的慈暉下成長？想著，想著，不停地思索著。滿臉的淚水，哽咽住喉嚨，我拉起弟弟的手，想起阮兮阿娘，想起她消瘦的臉龐，皮包骨的身軀，想起她用微弱的氣息，一句句地叮嚀：「著乖，著乖」；一聲聲地唸著「可憐囝，可憐囝」，然後是喃喃地唸著「我唔甘願，我唔甘願。」然而，死神還是不肯放過她。當她由「大房」的眠床移到「廳邊」的「水床」上，阮兄弟的哭聲並不能喚回西歸的阿娘。

「無娘兮囝仔真可憐。」

每當聽到這句話，阮阿娘微閉的眼神，蓬亂的髮絲，淡黃的肌膚，總會與我雙垂的淚水同時出現。

阮阿娘是「破病」死去耶。這是阿爸說的。但我們始終不明白，也不知道是什麼病奪走阮阿娘的「壽命」。阿爸請人來給阿娘「抓沙」，也用陶壺熬了好幾帖草藥，一碗一碗，一匙一匙灌進阿娘的嘴內；但絲毫沒有減輕她的病痛，經常在三更半暝，耳內總會傳來一陣陣痛苦難忍的呻吟聲。而呻吟過後是微弱的嘆息和自責：「歹命，我那會彼歹命，是前世兮業障，還是前世人欠兮債，乎我受病痛兮折磨，生比死卡甘苦。天呀，生比死卡甘苦！」

阮阿爸是一个忠厚條直兮「做穡人」，似乎從沒有聽過他用什麼語言來安慰病中的阿娘，任由她痛苦、呻吟、自責，除了熬藥、餵食外，不管阿娘口中有多少「歹命」，阿爸依然要上山耕作，忙於農事和家事。

阿娘在服過一帖新抓的草藥後，突然間又嘔了出來，黑色的液體由嘴裡不停地湧出，而後是鮮血，繼而是棗紅的血塊。阿爸慌忙地扶起阿娘，輕輕地拍打她的背部，阿娘左手撐著床，右手按著胸口，垂下的頭是一團散亂的髮絲，看不見她有任何痛苦的表情。漸漸地，她停止了嘔吐，微微地仰起頭，用手抹去唇角的血漬。

「順仔，」她喚著阿爸的名字，「我親像好啦，腹內也輕鬆真最，袂死啦，我真歡喜，會佮尪囝逗陣過一世人。」她突然拉起我的手，緊緊地按在她的胸口上，「憨囝，阿娘袂死啦，汝歡喜嘸?好好照顧小弟，我袂死啦，我袂死啦，我真歡喜，我真歡喜！」

阿娘的淚水已盈滿了她深凹的眼眶，而後像決堤的河水，在臉上的每一條溝渠奔流著。

她的血嘔完了。

她的淚流乾了。

她不再自怨自嘆是歹命人。

生命是一個渺小的東西，怎麼來，就怎麼去；從什麼地方來，就必須回歸到那裡。阮阿娘也由這張古老的眠床，移到大廳的「水床」上。她不清楚也不明白躺在這張五塊木板合併的「水床」上，等待的是什麼？是與尪囝的永不分離？還是一堆黃土來覆身……。

陸嬸婆吃完飯，阿爸用一張褪色的紅紙，包了二十元做爲「媒人錢」，雖然她很客氣地不收，但畢竟是專業的媒婆，美其名是做好「代誌」，實際上加減「賺吃」。她把紅包緊緊地捏在手裡，又低聲地告訴阿爸說：「順仔，汝知影，做媒人是無包生囝，好歹汝愛認命。玉仔頭一日入汝厝兮大門，看起來赤爬爬，其實伊人袂歹，只不過是沆沆囝仔，汝千萬唔通怪伊，伊帶來兮查某囝仔，汝也著疼惜。」

「陸嬸仔，我順仔即世人非常感謝汝替我找這个件，厝內有人洗衫煮糜，囝仔有人管教，上山回來有糜呷，衫褲破了有人補，我真滿足啦！」阿爸喜悅的形色，並沒有被新來的阿母，那些不友善的言辭和舉止所淹沒。

是的，自從阿娘過世後，阿爸雙肩的重擔、內心裡的寂寞，不是一個七歲和四歲的孩子所能理解的。雖然我上了小學一年級，也能背誦

來來來，來上學
去去去，去遊戲

的課文。一旦受到委曲是以哭來博取同情，以淚水來想念阿娘在世時對我們的呵護。放學後，耙草檢柴、洗碗筷、帶弟弟、牽牛摘野菜，這是我唯一能替阿爸分勞的，其他，我又能做什麼——一個自幼在爹娘溫馨懷抱裡成長的孩子…………。

第二章

弟弟走後
我已十足地成爲一個孤兒
沒有了一切
也沒有方向
更談不上有什麼抱負和理想
……

經常地，阿爸都是起得比太陽還早。今天不知是否太疲倦而睡過了頭，還是那張古老的眠床多了個女人，讓他睡得又香又甜。

自從阿娘往生後，阿爸起床後，第一件事就是先煮好早餐吃的「安脯糊」或是「安簽」，然後叫醒我，牽牛到山上「料」，順便摘些餵豬的野菜，然後吃飯上學，這些事情彷彿已成了我一年來不變的課業。或許往後的日子，新來的阿母她會起來煮飯，阿爸也會去「料牛」，我只要專心讀書，放學後照顧弟弟就行了。弟弟似乎也很識相，從不高聲吵鬧，也不會「烏肚番」。阿爸上山，我上學時，他都自行玩耍，有時在鄰近的阿祖家，有時在隔壁的嬸婆處。村裡的嬸姆也都知道我們兄弟是無娘兮囝仔，而給予我們更多的憐憫和關愛。吃過阿祖的「粿乾」，吃過姆婆的「紅粿」，吃過二嬸的廚餘飯菜；她們除了施予我們食物，也會輕撫我們的頭說聲：

「可憐代，即呢細漢，著無娘。」

每每，弟弟會抱緊我的腰，我們也會紅著眼眶，同時想起阮死去兮阿娘。

日頭已爬到「番仔樓」兮厝頂，阿爸的房門依然緊閉著。我輕輕地敲著門板，低聲地喚著：

「阿爸，阿爸！」

我聽到一陣急促的腳步聲，開門的是阿母，她猛力地打了我一巴掌。

「猴死囝仔，汝在哭飫是唔，乎汝阿爸加睏一會，袂死啦！」

我的雙眼冒出了一條條長長的金光，耳朵和臉頰是熱烘烘的一陣陣。我撫著滾燙的臉，快速地跑到大門外，我害怕再來的一巴掌，會打落我的牙齒，然而，她並沒有放過我，拿著掃把追了出來，用掃把柄猛力地抽打我的腿。

「跑，跑，跑，跑去死，今仔日恁祖媽著用掃帚頭打乎汝猾！打乎汝猾！」

我忍受不住雙腿的疼痛，不停地跺著，跳著，哭著；不停地哭著，跳著，跺著。

「嘜打啦，嘜打啦。」阿爸一把把我拉開，我緊抱住他的大腿，在這緊要關頭，他是我唯一的依靠。我滿懷委曲地放聲大哭，我要哭亂阿爸的心，我要阿爸把這個女人趕走！然而，這是不可能的。她已正式地成爲我們家的一員，還有那位伶俐的小妹妹。是由陸嬸婆做的媒，也是阿爸請人用馬把她們馱入我們家大門，她們將在這個沒有女主人的家定居下來，她也正式取代了這個位置。生我的叫阿娘，打我的也必須叫她阿母。或許我與弟弟不是她所生，當然，母子親情對她來說，是遙遠了些，這也是她看不順眼的地方，所以挨打，所以挨罵！

「緊去洗面，」阿爸輕推著我說，「倘去學堂。」

「查埔囝仔讀啥米冊？」阿母指著我說：「阮阿爸無讀冊，照樣犁田打股，佈芋種安薯，飼大飼小，有春有倘賣。我看，嘜讀啦！」

「好歹小學讀畢業，才袂做青暝牛。」阿爸摸摸我的頭說。

「話先講在頭前，我李仔玉入汝厝大門，就是要吃你，穿你，住你，用你，袂跟你上山下海做一个歹命人！」阿母高聲地對阿爸說。

「袂啦，袂啦，袂乎汝甘苦。」阿爸柔聲地安慰她。

我悄悄地回到房裡，看看與我同睡在「櫸頭」，而此刻仍然熟睡中的弟弟。他是比我幸運的，我已飽受一頓「竹甲魚」，以及打過會「起狷」兮「掃帚頭」。他卻那麼安祥，睡姿又那麼美好地睡在用「椅橑」和木板併成的眠床上。他是否知道，是否明白我們家來了一位會打人、會罵人的阿母。阿弟，我們時時刻刻都必須小心，不能惹事，更不能生非。阿爸有了新阿母，可以早睡晚起，往後或許會把阿母、阿妹擺中間，把我們兄弟放一邊。如果我們的阿娘不死，該有多好，該有多好⋯⋯⋯⋯。

我背起阿娘親手用「兵仔褲」爲我改縫成的書包。裡面是二年級的「國語」和「算術」課本，一枝短短的鉛筆，幾張薄而粗糙的紙。忍受著滴沽滴沽的肚子，因爲阿爸睡過頭了，沒有人煮飯，況且我已吃了阿母賞的「竹甲魚」，紅紅的一條條滿佈著我的大小腿，還有瘦弱而翹不起來的屁股，更是熱烘烘的。

她才進我們家門幾天，已展現出一個強勢的後母。她講的話，阿爸除了點頭默許，似乎也不敢頂撞和說不。厝邊頭尾，叔伯嬸姆對於陸嬸婆爲阿爸媒介的這門親事，也都怨聲連連，怪陸嬸婆不顧我們的死活，只知道賺取媒人錢。夭壽，袂好。死要錢！然而，我的不幸，年幼無知的弟弟，也不能倖免。他打破了一只碗，除了被「安脯糊」燙傷了大腿內側，破皮紅腫外，阿母又用籐條抽打他，用手擰他，白嫩的皮膚，多處「黑青瘀血」，他不停地哭著，哭得愈大聲，阿母打得愈重，擰得愈緊。弟弟的嗓門已啞，淚已流乾，我抱著他，輕輕拍著他的背部，他伏在我的肩上，不停地喊痛，不停地喊著：

阿兄，阿兄，我會痛死！

阿兄，阿兄，我會痛死！

弟弟的喊痛聲，哭泣聲，彷彿是一根尖銳的長針，猛力地戳著我的肉體，而後貫穿心靈。

我抱著他，由「深井」走向大門外，坐在門口埕一個小小的「石珠」上，兄弟緊抱著，歷經好久好久，流下很多很多沒有哭聲的眼淚。巧而三叔公從我們身旁走過，看見伏在我肩上的弟弟，驚魂未定地抽搐著。我掀開弟弟的衣服，指著傷處，含淚地告訴三叔公：

「阿母打兮，阿母摔兮。」

三叔公低下身，仔細地看著瘀青和紅腫處，極端生氣地罵著：

「婊子囝，猾查某，彼呢惡毒！」

村裡多位親堂嬸姆也都圍了過來，「夭壽」、「無命」、「尻頭」、「填海」，所有能咒罵的語辭全都出籠。二嬸拿來「草藥水」，輕輕地爲弟弟抹擦著受傷處。

「順仔真無三小路用，」三叔公竟罵起了阿爸，「乎彼个猸查某將四歲囝仔打成即樣。」

「怪來怪去，怪陸嬸仔，做即个啥米死媒人，」二姆仔憤慨地說：「苦毒四歲囝仔，真袂好喲！」

「以後那閣發生這款代誌，大家逗陣來去報官。」尾叔仔咬牙切齒，「乎伊去坐牢。」

當然，我不知道「報官」和「坐牢」是什麼意思，但從他們個個生氣與憤怒的言表上，可能是要把「歹死」的阿母關起來，如此我們兄弟也就不會受到她的「苦毒」了。

爲了弟弟的將來，以及免予再受後母的「苦毒」，經過親堂叔伯嬸姆的參詳，決定把弟弟送給鄰村的王家「做囝」，阿爸無意見，阿母真歡喜。

「減一个人，減一个好；時機歹歹，飼豬比飼人卡贏。」阿母瞇著三角眼，冷冷地說。「豬飼大會賣錢，人肉鹹鹹，袂吃耶。」

弟弟提著一個小包袱，由做媒的春嬸仔連哄帶騙地離開這個家。他沒有傷心，也沒有不捨，更沒有寸步難行的離別情懷。而他是到了一個「詩禮傳家」、「父賢子孝」的家庭，還是又要一次受到非親生父母的凌虐和「苦毒」？

雖然春嬸仔再三保證，親堂叔嬸也非常肯定，鄰村的王家沒有子嗣，絕對會善待弟弟、絕對會把他當成自己的孩子來養育。然而，骨肉相連的弟弟終究要分離，這是不能否認的事實。所有的原委，既成的事實，我們不得不歸罪於這個不幸的家庭。有人說：家是人生旅途的一個驛站。但自從阿母進門後，我們懼怕回到這個可供休息的地方。因爲它已不是一個可愛的家，是一個沒有愛、沒有溫暖，充滿著暴力和血腥的家庭。阿爸的父愛已轉移到小妹的身上，以往對阿娘的一片深情，亦由阿母霸權所取代。弟弟走後，我已十足地成爲這個家庭中的孤兒，沒有了一切，也沒有方向，更談不上有什麼抱負和理想……。

第三章

滿口的惡臭
吐出來的怎能有芬芳的氣味
人性的泯滅
怎能衍生出慈愛的火花
……

阿母已把阮阿娘親手縫製的書包拆破、撕爛，把「國語」、「算術」課本放在灶裡燒了。我也提前從學堂畢業。從「國語」中我學會了寫自己的姓名，認識了一些粗淺的字句；從「算術」中，百位數字的加減，時有誤差，我的算術沒有國語好。失學也等於是畢業，心中有恨也有怨。我時常想起阮阿娘，偷偷地到大廳的神桌上，看看阿娘的神主牌，流一些眼淚，叫聲阮兮心肝阿娘。

除了認識幾個字外，我也道道地地成爲「青瞑牛」，阿母規定再三，要我早上起床，先去摘一籃餵豬的野菜，吃完早飯，再跟阿爸上山耕作，中午回家必須倒「尿」，倒「粗桶仔」，餵豬，餵雞鴨。我默默地承受，自己也深知在這個家庭，沒有說不的權利；同時阿母也提出警告，沒有做好，「竹甲魚」絕對吃不完。在山上，阿爸也經常地賞我一巴掌，我不但是他們的出氣筒，也註定要「討皮痛」。然而，我並沒有怨天地之不公，只心疼阮阿娘兮早死，乎我變成一个「歹命囝」。

七月兮日頭會熱死人，尚未上山，已是汗流夾背。我摘滿一籃野菜回家，不見阿母煮好的早餐，因爲我還得趕上山幫阿爸拔草，「鋤田邊」，沒有吃飯，實在也沒有力氣。阿母見我掀鍋掀蓋，終於出了聲：

「死囝仔，汝掀東掀西，掀啥米死郎！」

「阿母：：：」我還沒有說完。

「免叫，免叫，早起煮兮安脯糊，吃春兮已經倒乎豬呷了，汝那腹肚飫，灶頭頂有昨日呷春兮安簽糜，緊去呷。」

我走進「灶跤」，端出昨天吃剩的「安簽糜」，掀開蓋子，隨即湧出一股酸味，仔細一看，「安簽湯」已冒出一些白色泡沫，而且還浮起一隻死「加抓」，阿母卻要我當早餐吃下肚。

她好心地爲我盛上一碗，並用安簽覆蓋著「加抓」，露出兩條黑色的鬚鬚，隨風飄來陣陣的酸味：：：：。

「緊呷！」她大聲地說。

「阿母，安簽已經臭酸，袂呷耶。」我懼怕地看著她，再看看安簽下兩條黑色隨風飄動的蟑螂鬚。我站在桌旁，沒有坐下，也沒有動筷，目視著這碗「臭酸」兮「安簽」，以及一陣陣隨風飄來的「臭酸味」。

「緊呷！」她尖聲地咆哮著，猛而地「啪」的一聲，給我一個清脆的耳光，「叫汝緊呷，汝唔聽，討皮痛！」

我「哇」地一聲，哭了出來，不知那來的膽量，竟把筷子猛力地摔在地上。

「臭酸安簽糜，我唔呷！」

「夭壽死囝仔，」她氣憤地隨手拿起掃帚，從我頭上打來。我快速地閃過這一棒。

「汝今年幾歲，竟敢摔碗摔筷，夭壽死囝仔栽，打汝死，打汝死！」

隨著歲月和環境的變遷，我已有了一絲反抗心理，不願站在原地白白地挨打。她數次揮著掃帚，並沒有打到我，而是她的尖聲和咒罵聲，引來不少鄰居的圍觀。

「即个夭壽袂好兮赤查某，又閣再起狷啦。」阿吉嬸仔搖著頭說，「真是無天無地。」

「汝即个沖囝，婊囝，臭查某，」三叔公適時出現，把我拉在一邊，指著她大聲地辱罵。「汝除了打囝仔，罵囝仔，春兮無小路幹啦！」

「汝罵我，汝罵我，我李仔玉佮汝拼啦！」她來勢洶洶地拿著掃帚朝三叔公打來，只見三叔公出手一擋，順手搶過掃帚，往門口一丟。

「汝李仔玉唔是我兮對手，閣來三五人也揪袂斷阮一支難芭毛。知影嘸！」三叔公極端地氣憤，竟對她講起重話和粗話。

「這是阮厝兮代誌，汝即个老不死兮管啥空！」她強詞奪理，高聲地說。

「在即个鄉里，我是輩份尙懸兮老大，鄉里內大細代誌，我統統管定啦！這个所在輪袂到汝來『猖鬚』，知嘸！」

「無鬚老大，我李仔玉無信汝這套！」

三叔公不再回應她，拉著我，走到桌旁，端起那碗「臭酸」兮「安簽」，跨出門檻，對著大家說：

「各位兄弟叔孫，今仔日大家親目看見，李仔玉兮心肝彼呢黑、彼呢毒，用臭酸安簽糜、死兮『加抓』乎九歲囝仔呷，用掃帚頭打九歲囝仔，我水仔呷仔七十外，無管落番去內地，從來無看見彼呢毒兮查某，這是咱庄內兮不幸，也是咱家族兮不幸。下次那閣發生這款代誌，除了報官外，也要把伊趕出鄉！」

「大家試看嘍！」她不甘示弱地說，「我李仔玉，唔是彼呢好呷耶！」

自從三叔公提出警告後，阿母似乎也收斂了不少。雖然不敢明目張膽地拿起掃帚頭追打，也沒有讓我吃臭酸安簽糜，但我依然在她的暴力和凌虐下生活。沒有別的去處可供選擇，沒有任何的愛讓我感到溫馨，我像一條垂死的毛毛蟲，寄生在這個沒有人性的地方。

阿母房裡的尿桶以及「放糞」用的「粗桶仔」，全都由我負責清理。尿桶如果天天清理，是我體力可以負荷的，只要雙手合力就可以把她一天一晚排泄的尿液，提到厝後倒在露天的「屎礐」，儲存起來作為日後農作物的肥料。然而，她卻有了新規定：尿桶不必天天清理，待她「放滿」再倒。一隻木製的尿桶，它所盛裝的何止二十斤重，待她「放滿」，或許要三天五天，加上炎熱的氣候，不但桶沿已爬滿了白色的蛆，而且惡臭難忍，必須先用小桶一桶桶地提出去倒在「屎礐」裡。我沒有摀住鼻，就讓惡臭的尿味與新鮮的空氣混合，來維持我生命的機能，好讓我快速地成長，好讓我茁壯。好讓我脫離這個魔窟……。

一個不小心，我打翻了尿桶，惡臭長蛆的尿液流了滿地。我親眼目睹白色的蛆在地上爬動。我深知又要遭受一頓毒打和咒罵，但今天她卻發了慈悲之心，沒有打我，也沒有罵我，要我跪在尿桶旁聞「臭尿」。我不得不跪下，跪在滿地惡臭的尿液上，時而有蛆在我腳旁蠕動，時而有蛆爬上我的腿部又滾下，終於尿液被地磚吸乾了好大一片，白色的蛆也不知去向，她用力地擰了我的雙頰，揪著我的耳朵，咬牙切齒地說：

「汝即个袂好兮死囝仔，好死緊去死，汝故意將尿倒在阮房間，存心乎我臭死！我今仔日唔打汝，汝緊捾水來洗土跤，那有一點點臭尿味，汝著討皮痛！」

她今天突發的慈悲，讓我沒有重嚐「竹甲魚」的美味，也沒有以「掃帚頭」伺候。然而惡臭的尿液，在地上爬動的蛆，卻比「竹甲魚」、「掃帚頭」更讓我難以忍受。但我心知肚明，難以忍受也必須接受，這畢竟是以她爲主的家庭。阮兮阿爸，唔知是唔是像三叔公所說的「無三小路用」，任由這個赤查某擺佈。親生的兒子也任由她凌虐糟塌，從來沒有以一個「查埔郎」之尊，勸勸這個「猾查某」，善待這個囝仔。如真正要打，要吵，阿母絕不是阿爸的對手。但自從阿母進門後，他卻變得軟弱、無能。或許在他一生中，已失去了阮阿娘這個女人，不得不珍惜他生命中的第二春。因而，凡事任由她，此生就做一個「無三小路用兮郎」吧！

小妹阿雅已進了學堂，似乎也懂得不少事，一旦我受到阿母的打罵，她已能心生同情，不再怒目相向。在夏天，我常帶她去捕蟬，在秋天，帶她到花生田裡捉蟋蟀，也逐漸地培養出一份兄妹之情。她與玩伴的爭吵，我也主動地關懷和呵護。然而，不管我爲這個家如何地打拚，在田裡如何地辛勤耕耘，並不能博取阿母的歡心。久而久之，我也懂得忍受，懂得保護自己，更能體會出：阿爸在這個家是多麼地沒有尊嚴，彷彿是阿母雇來的長工，沒有一點自主的權利。慢慢地自己也感到「鬱卒」，變成一個沒有聲音的人。在阿母心中——

我是：「夭壽死囝仔」。

阿爸是：「夭壽填海」。

父子同是這個家庭中的「夭壽」，不知能不能換取她們母女的「長壽」。

經常地被打、被摔，不管是用「籐條」，用「掃帚頭」，用她那雙魔手，久了，似乎也不覺得痛，隨著歲月的成長，除了想念阿娘，除了思念送人「做囝」

兮弟弟，我兮「目屎」只有內呑，沒有外流；不再是阿母眼中經不起打、經不起罵兮「愛哭仙」。

阿雅的活潑可愛，心地善良，與阿母的「惡毒」，簡直是兩個不同的性格。也因此，與我同嚐「竹甲魚」的機會也不少，更可聽到阿母常掛在嘴邊的：

「狷查某鬼仔」。

「髒膣仔」。

還有更下流而不堪入耳的咒語，都隨時順口而出。或許這與她滿口黃色的大暴牙與讓人退避三舍的口臭，有絕對的關係；滿口的惡臭，吐出來的怎能有芬芳的氣味。人性遭泯滅，怎能衍生出慈愛的火花…………。

第四章

我們在列祖列宗的牌位前默立著
求取祂們的保佑
只要我們長大
不再遭受無情的毒打和咒罵
終將成爲忠貞不渝
虔誠盡責的好子孫
…………

經常地，放學後或星期天，阿雅會跟著我上山，做些輕便的農事。我換洗的衣服，也由她代勞，家裡的碗筷也由她洗滌。對於阿母的種種作爲，也起了很大的反感，同一體系的母女，已不再同心。厝邊頭尾，親情五月，見到阿母如見瘟神般地遠離。只有與她共枕眠的阿爸是阿母唯一的近親。她對我的苛責、咒罵，幾乎沒有一天停頓，然而，我的沈默不理，是她的無奈；與阿雅日漸升溫的兄妹之情，已取代了我在這個家庭所遭受的冷漠和奚落，這是我始終料想不到的，甚至在遭受阿母無情的凌虐時，我曾經想過，要到陰間找阿娘，要向她稟告，我兮阿爸實實在在是一个無路用兮人，任由這个狷查某打我、罵我，踢我、擰我，滿身兮「黑青」，滿腹兮悲傷，阿爸連一句安慰兮話攏無講，阿娘，汝那知影，一定傷心流目屎。

阿雅提著籃子，我的肩上是鋤頭和簸箕。我們相偕上山摘野菜和撿番薯。走過一坵坵休耕的番薯田，在無數的田埂上，摘下翠綠的野菜，而我們停下來休息的，竟是鄰村的村郊，也是弟弟送給別人「做囝」的村落。

「阿雅，汝會記兮小弟袂？」

「當然記兮。」她嚴肅地說：「彼陣卡細漢，體會不出阿母兮狠毒，以爲打汝打伊，罵汝罵伊，攏是應該兮，反正無打我、無罵我著好。當咱漸漸大漢，也讀了幾年冊，才知影阿母如此對待子女，實在是太過份了。」

「可能，這佮阮兄弟唔是伊親生兮有關。」

「當初可能是按呢，即陣嘛是以惡毒兮咒語，來咒罵我；動唔動嘛會乎我一巴掌。難道我唔是伊所生？是從石頭縫裡撿來兮？」

我無言以對，人生的一切總有過去的時候。雖然阿母的作爲讓我此生難忘，也讓我痛心疾首，但昨天已過去了，至少今天我們都沒有挨罵，也沒有挨打，或許以後都不會了……。

「其實，彼陣兮阿弟，臭頭爛耳顧人怨，阿母當然閣卡看袂順眼。」我說。

「阿兄，」她笑著，「汝既無臭頭，也無爛耳，爲什麼彼呢顧阿母怨？」

我傻傻地笑笑。

「阿兄，」她正經地，「阿母即陣已是無唇邊，無頭尾，無親，無戚，但伊依然不改本色，相信有一日，咱大漢，誰也不願待在即个沒人性兮家。」

我再次地笑笑，今天未過，那知明天是什麼氣候？對於未來的遠景，我不敢想，也不敢寄予厚望。

「阿雅，咱入莊來去找阿弟？」

「汝知影伊厝？」

「唔知影。」突然間，我想起三叔公的話，他說既然小弟已送給別人「做囝」，暫時不得去認他，去找他，以免影響他的生活。反正「兄弟面」、「兄弟心」，長大後，有緣自然會相見。

「唔知影，宰樣去找？」她反問我。

「算了，」我站起身，看看村裡古厝上沒有被大樹遮掩的燕尾馬背，「三叔公仔有交待，咱袂使去打擾伊兮生活，相信伊會過得真好、真快樂。」

天色已漸漸暗了，我們摘的野菜只有半籃，簸箕裡的小番薯勉強蓋過底面，這樣的成績回家，是明顯的「討皮痛」。然而，天不但已暗，又飄起了細雨。我把她手上的竹籃一併掛在扁擔上。阿雅，所有的重量阿兄將一肩挑起，只要妳記住這份異母異父的兄妹之情，這個小擔子，算什麼？

走過一片野生的林木，蜿蜒的小路，更加漆黑，她懼怕地緊緊抓住我左邊的衣袖。

「阿兄，暗摸摸，我會驚死。」她輕輕地拉拉我的衣袖。

「免驚啦，阿雅，有阿兄在汝身軀邊，安啦！」

回到家，阿母已氣沖沖地拿著「掃帚頭」在「巷頭」等候，我來不及把擔子放下，大腿已重重地挨了「掃帚頭」一下。

「夭壽死囝仔，歸日歸埔跑去叨位死，撿彼三五塊安薯，摘彼點菜仔，敢回家見我。」她用「掃帚頭」在地上敲了幾下，尖聲地說：「二个猴死囝仔，統統給我跪落！」

我尚未跪穩，阿母的「掃帚頭」已從我的頭上、肩上落下。我試著用手去擋，試著把身子閃開，依然逃不過阿母的亂棒。

「阿母，」突然阿雅站了起來，奮不顧身，搶著她手持的「掃帚頭」，大聲地哭著說，「汝袂使大力打阿兄，阿兄兮乎汝活活打死，」她哭著，搶著，擋著，非旦沒有把「掃帚頭」搶到，還更激怒了阿母。

「汝即个死查某囝仔，飼汝大漢啦！」一陣陣亂棒，在她身上猛力揮著打著，「汝敢死，敢死！查某膣仔，汝袂好，袂好！打乎汝死！」

「阿母，阿母。」她已近於瘋狂，我不能親眼目睹她以自己的魔手，來摧殘親生的女兒，「嘜打阿雅，嘜打阿雅，汝打我，汝打我。」我喊著嚷著，用手擋著即將落在阿雅身上的「掃帚頭」。然而，她已完完全全失去理性，也同時失去了人性，在她內心衍生的是獸性，是一隻出籠的母獅子、母老虎，見人咬、見血吞。她打她，也打我，打我又打她。我們的哭聲她無動於衷，我們的哀求她充耳不聽。聲聲的「夭壽」，句句的「死囝仔」，天雷已響，雨也更大。行善俠義的三叔公來不及看到我們長大，已安眠在山的那一頭。此刻，這轟隆轟隆的雷聲，可是三叔公怒叱這個猾查某的吼聲；這場大雨是否也是三叔公的慈悲和憐憫之淚。

「二个死囝仔，恁姐媽大門閂緊緊，彼隻老鬼已經死翹翹，無人會閣來佔汝，今仔日，要乎恁無命！」

在一陣亂棒下，我猛力地抓到「掃帚頭」，她的力氣已耗盡，無力再奪回，我順手把它丟到雨中的「深井」，再衝向「深井」撿起，由「牆街」丟到大門外。

我咬著牙，心中有一股怒火燃燒著，我已不再是她剛入咱家門時的七歲小孩，在她的「夭壽」聲中成長，但我並沒有「夭壽」；在她的亂棒下，相信我會更茁壯、更堅強。沒有阿娘的日子，讓我難過；有阿母的日子，讓我更悲傷。然而我並沒有怨恨命運，只感到蒼天對我太不公平：我不該失去阿娘，再讓這個𤞟查某掏去阿爸的心，讓他成爲三叔公嘴中「無三小路用」的人。

阿母氣呼呼地走進房裡，我快速地扶起哭泣中的阿雅。她似乎有滿懷的委曲與不甘心，爲什麼竟遭受自己母親的咒罵和毒打？到底犯了什麼滔天大罪？這世界還有沒有公理？或許，我們所思所想都是多餘的。倘若有一天，她的理性與人性相繼地失去原有的功能，「古意」的阿爸，也必將遭受她的「掃帚頭」以及「夭壽」、「填海」、「緊去死」的咒語。

我牽著阿雅的手，來到大廳，我們在列祖列宗的牌位前默立著，求取祂們的保佑，只要我們長大，不再遭受無情的毒打和咒罵，終將成爲忠貞不渝、虔誠盡責的好子孫……………。

第五章

如果人世間真有因果
她是否會遭受到懲罰和報應
還是依然在
法外逍遙……

大凡人都是有血性、有良知的。一個人所受的壓迫愈大，反抗的力量愈強。無法彌補的傷害，則易造成受害者終身的遺憾和憎恨。這些施暴者大都是外來的，來自家庭的暴力卻不多見。尤其是以農爲家的我們，一直守著一份永不退化的傳統美德。像阿母如此的女性，更是少之又少。雖然我們以失去的歲月換取身心的成長，但在成長過程中，所歷經的一切，依然清晰地貯存在我們的記憶裡。相反地，我們的成長，也是阿爸阿母蒼老的開始。這是自然的定律，沒有原因也不必追溯，更沒有什麼值得歌頌和惋惜的。

同處在青春時期，阿雅的叛逆性比我還強烈。阿母的一切作爲，她看不順眼的十之八九，母女經常激烈地爭辯，雖然最後總是落得一頓臭罵，但我們兄妹已很久很久沒有吃「竹甲魚」了，或許阿母年輕時使用的力氣過多，此刻如果把「掃帚頭」交給她，也不能像年輕時，那麼地揮打自如，棒棒命中要害。

「阿兄，咱唔倘歡喜相早，」阿雅提醒我，「阿母兮兇性未改，咒罵兮本領閣卡懸；卡早汝實在真可憐，每一遍看汝乎打乎罵，阿兄，我嘛偷偷流真最目屎。彼陣細漢，根本也阻擋不住阿母兮兇性。在厝邊頭尾叔伯兮目睭內，攏認爲我是阿母兮親生查某囝，會得到卡最兮疼惜，實際上唔是，汝是在日時受到打罵，我是在暗暝受到凌虐，稍有不順心、不如意，伊就擰我兮跤倉，擰我兮大腿，擰我兮臉，揪我兮頭毛。阿兄，我兮哭聲汝是聽袂到兮。我兮哭聲愈懸，伊擰兮力氣愈大，我流兮是沒聲兮目屎；汝兮哭聲卻博取廣大兮同情。阿兄，咱攏是這間厝內兮歹命人！」

「阿雅，這是我料想袂到兮。我一直以爲汝有一个疼惜汝兮阿母，我卻有一个三叔公所講兮『無三小路用』兮阿爸，伊互補長短來逗陣，找回生命兮第二春，咱卻是春天內兮歹命人、苦情花。」

她笑笑。笑得很甜。像一朵含苞待放的玫瑰花，艷麗、幽香…………。

我們家的生活也慢慢有了改善，不再是三餐「安脯糊」、「安薯塊」。如果我上山晚歸，阿雅會主動地爲我留些菜；偶而地有「好料」的魚肉，她會多夾幾塊放在碗底，再用普通的菜肴覆蓋著；遇到有勞軍的「康樂隊」、「電影」，她也會多搬一張小椅子，爲我佔個好位置。經過童時的大風大浪，也奠定了我們永恆不渝的兄妹之情。

「汝看，汝看，」有一天，我們由山上耕作回來，我手牽著牛，肩扛著犁，她提著一籃番薯葉，走在我們身邊的春嬸仔，對著二姆仔說：「那唔是李仔玉彼个猗查某，將來伊二个送作堆做大郎，真是天生兮一對。」

「無尙父，無尙母，兄妹仔感情即呢好，真少。人講歹竹出好筍。想袂到玉仔彼个赤查某會生出彼呢水、彼呢伶俐兮查某囝仔。」二姆仔說。

「順仔也是一个古意人，家內閣早死。阿明即个囝仔是沒話倘講，骨力、打拼、忠厚閣老實。尙可惜是夭壽玉仔，無倘乎伊讀冊。」春嬸仔又說。

「無囉，聽講阿明捌真最字，是阿雅教伊讀兮，嘛會看批寫批哩。」二姆仔說。

「彼呢捌想兮少年郎真少。」春嬸仔說。

她們的對話，我們都聽在耳裡。二姆仔、春嬸仔自從阮阿娘「過身」後，就一直關懷著我，對阮真正好。

「阿兄，二姆仔伊在講咱呢。」她看看我，笑著說，「做大郎是什麼意思？」

「阿雅，伊老大郎愛講笑，聽過就算。」我回應她說，臉頰上卻感到有一點兒燙。「咱二人永遠是一對乎人欣羨兮好兄妹。」

「阿兄，汝講看嘜嘛。」她撒嬌著說。

「我若講出，汝會笑死！」

「汝講我聽嘛。我袂笑死啦。」她堅持著。

「做大郎就是成親。」我笑著說。

「啥米？」她睜大眼睛，「二个老伙仔真是老番顛。」

「老伙仔，無代誌，愛講笑，嘜怪伊。」

「我知影啦。阿兄，我袂氣啦，我袂氣啦！」

我們都相繼地笑了。「做大郎」雖然教我們臉紅，但彼此的內心裡、心靈上，似乎都有一份甜蜜的感覺，以及一股難以抗拒的因素存在著。

實際上，我們兄妹並非要聯合起來對抗阿母。我們已逐漸成長，不再像童年時那麼地軟弱無知：我們渴望的是慈母的關懷，我們冀求的是母愛的溫馨；不是冷漠無情的打罵。這些粗淺的道理，她並非不知，而是不爲。她不但「苦毒」「前人囝」，連自己親生骨肉也不放過，這是何等的殘忍呀！如果人世間真有因果，她是否會遭受到懲罰和報應，還是依然在法外逍遙…………。

第六章

昨日的驚魂彷彿是在睡夢中
戰爭不會那麼快結束
心靈與肉體的雙重苦難才開始
戰爭沒有絕對的贏家
輸得最慘的——
永遠是善良的百姓……

轉眼，又到了一年秋分時節。沒有秋雨的滋潤，大地乾澀，豔陽高照，天氣悶熱依然。

今年的「土豆」在它開花結果時，恰逢及時雨，又沒有遭受「黑肚蟲」的啃食，因而收成出奇地好：一畝一千三百栽的田地，約可摘取二大「牛奶袋」的「土豆粒」。雖然我們常聽過：要怎麼收穫，先要怎麼栽。但在土地貧瘠、水源不足的土地上，我們不得不依靠「天」，往往收成的好壞與「風調雨順」這句成語有絕對的關連。因而，我們也在農曆的正月初九及八月十五以「三牲」、「紅龜粿」敬拜「天公祖」，祈求祂的保佑。

日頭已偏西，秋風也送來一絲清涼意。我取下斗笠，站直了腰，眼看還有「二股」，就可以把這坵「土豆」拔完。明日經過日頭一晒，讓「土籐」枯萎，減輕一些重量，再挑回家一粒一粒地摘下。然而，正當我放鬆心情暗喜，天空的火光與地面的——咻！轟！隆！同時出現在我的眼簾和耳際。一陣陣急促地咻！轟！隆！——咻！轟！隆！天空已佈滿著金色的火花，四面八方是泥土和煙硝，牛羊亂蹦亂跳，不遠處傳來清晰的呼喚聲——

「緊跑喔，緊跑喔，大家緊跑喔！共匪打貢來啦，共匪打貢來啦，緊跑來去戰壕溝，卡緊耶喲！」

我的眼睛已張不開，滿頭滿臉滿身的泥沙，濃烈嗆鼻的硝煙已吸進肺裡。我沿著低窪的山溝拚命跑，硝煙和泥沙阻擋著我的視線，野籐絆住我的腳，我連滾帶翻又爬，踩過銳利的砲彈碎片，腳底是染紅草地的鮮血，雙膝雙肘是熱烘烘的一陣陣，這條「戰壕溝」，這條曾經築有「工事」和掩體的寬大壕溝，此時，竟是那麼地遙遠……………。

火光到處流竄，砲彈在四面八方開花，隆隆的砲聲震得我的雙耳嗡嗡作響。我在一棵低矮的相思樹下臥倒，把頭鑽進草叢，雙手摀耳，眼睛閉上，急促的氣喘，連呼吸也發生了困難，眼睛看不見火光，耳朵聽不到砲聲，這片相思林下的草叢，或許是我此時最安全的地方。

腳底依然流著血，暫時的休息，卻是苦痛的開始。我撕開破舊的上衣，緊緊地包裹著左腳。咬著牙，繼續地向「戰壕溝」爬行。

我聽見了凄慘的哀嚎聲。我目睹牛羊的屍首在田埂上橫躺著。砲聲比阿母的咒罵聲還恐怖。散落一地的彈頭彈片，比阿母的「掃帚頭」還讓我膽顫心驚。我沒有在阿母的咒罵下「夭壽」，也沒有被「掃帚頭」打死，或許我將喪命在這場戰爭中的荒郊野外……。

我強忍著。眼見鐵絲網後面的「戰壕溝」就在面前，迷宮樣的鐵絲網進出口，讓我卻步。我托起帶刺的鐵絲網，匍匐前行，爲的是要快速地躲進壕溝旁的碉堡。我是因生而活，並非怕死：曾經在阿母無情的「苦毒」下，感到生命的卑微，生不如死。此刻，我與異父異母的阿雅所孕育的那份兄妹之情，卻教我珍惜。

越過鐵絲網，我滾下傾斜的壕溝，一隻粗大有力的手把我連拖帶拉地拖進碉堡裡，漆黑的碉堡已擠滿了人，只有微微的喘氣聲，沒有任何的談話聲，碉堡的出入口，依然閃爍著強烈的火光，砲聲隆隆依舊，咻聲隆聲從未間斷，名聞中外的「八二三砲戰」就此開始。

多少人家破人亡。

多少人妻離子散。

生活在這個時代的浯鄉子民，註定是這場戰役的犧牲者。然而，我們沒有怨恨，只是痛心。古寧頭戰役，驚魂未定，英雄血跡未乾，破碎的家園待整，流落異鄉的子民尚未歸來；此刻，我們又將面臨一場充滿著血腥的浩劫。我們心有何甘、氣又怎忍？難道我們該用鮮血換取和平，用屍首弭平這個苦難的年代……

……。

到了夜晚，也是我們點起「土油燈仔」的時分，砲聲已沒有白天的強烈。

或許，匪兵正在用餐；

或許，高溫的砲管急待冷卻；

或許，聲啞的砲長需要休息；

或許，火藥急待裝填；

所有的疑惑和揣測，都無法阻止我往回家的路上奔跑。雖然難忍的腳痛，讓我一跛一跛，身上又是泥土和硝煙，我非常慶幸能活著回家。

阿雅聽到我的聲音，連忙從「后門仔口」的防空洞跑出來。

「阿兄，阿兄，有宰樣嘸？」她撫著我的頭和臉，睜大眼睛久久地看著我。

「無啦，平安啦。」我拉著她的手，驚魂未定，聲音低低，強忍著出眶的淚水說。

阿爸、阿母也相繼地走進來。

「牛有牽回來嘸？」阿爸問。

「阿爸，我差一點著無命，無法度閣去牽牛。」我向阿爸解釋著。

「汝愛命，牛嘛愛命。」阿母怒指著我說：「汝即个夭壽囝仔，只顧家己，那無牛，做死郎啦，做穡！」

「阿母，汝真無良心。」阿雅大聲地對她說：「阿兄差一點就沒命，就回不了家，到底是人要緊，還是牛要緊！」

「汝即个死查某鬼仔，久無打，皮在癢了，是唔是？」阿母指著她說：「汝閣大細聲，我著打乎汝嘴歪！夭壽死囝仔。」

我輕輕地拉拉她的手，示意她不要再說了。

「阿雅，阿兄跤乎砲彈片扎到，汝去拿草藥水來乎我抹。」

「阿兄，汝兮跤流真最血，會痛袂？」她仰起頭，眼裡閃爍著淚光，也同時流露出一股無名的兄妹情誼。

「嘜假死，嘜假死，一點點青傷，袂死啦！」阿母冷笑著說。

「阿母，我唔是在批評汝，汝兮心肝真毒，真毒，比共匪打來兮貢卡毒！」

阿雅生氣地、瘋狂地對著她說。

「啪」的一巴掌，她打的是阿雅的臉頰，痛的卻是我的心。我忍著腳底一陣陣的抽痛，一跛一跛地走近掩面痛哭的阿雅，她爲我仗義直言，我卻無所安慰。難道我也像阿爸一樣，是一個「無三小路用兮查埔郎」！

「阿母，我尊重汝是阮兮時大，」我極端不客氣地說：「我警告汝，阮今仔日已經大漢，唔是三歲囝仔，汝想要打著打，想要罵著罵。以後那是唔改、唔變，神明就在頭殼頂，汝會得到報應！」

「夭壽死囝仔，夭壽死囝仔，飼汝大漢啦，翅股硬啊，會飛啊，敢來教訓恁祖媽！」她瘋狂地、氣憤地，雙眼巡視著地面，終於抓起「掃帚頭」，重施故技，向我打來。

我伸手一擋，順手搶過來，阿雅也伸開雙手，把她圍住。

「阿母，」我用「掃帚頭」對著她比畫了幾下，「今仔日我無乎共匪兮大貢打死是福氣，但是我要向汝講實話，汝敢閣用掃帚頭打阮，阮會佮汝拼生死！」

我順手把「掃帚頭」丟到門外。

「敢死，真敢死，無天閣無地。」她暴跳如雷地跺著腳，「敢死，無天無地，真敢死！」

屋外又響起一連串的砲聲，遠程與近程的落地聲齊響，夜空裡閃爍的火光更耀眼。阿爸阿母快速地躲進防空洞，砲聲已取代了我們的爭吵聲，在耳際裡迴響的是轟！咻！砰！而不是「夭壽死囝仔」聲。

阿雅已取來草藥水，在防空洞裡，小心地爲我擦著傷口。

「砲彈片有毒兮硝煙佮火藥，一旦發炎，傷口會潰爛，要好起來閣卡困難。」她幽幽地關懷地說。

「阿雅，」我心有餘悸地說：「這點傷袂要緊，能撿回這條命才可貴。那唔是，明仔日可能著是阿兄兮『出山日』。」

「阿兄，嘜講這些不吉利兮話。」

「那是阿兄今仔日死去，阿母著袂罵汝，也袂罵我。」我低聲說。

「毒！」她瞄了一下躲在最後面的阿母，輕聲地說：「真毒。」

「在硝煙和泥土紛飛中，我聽見牛兮哀嚎聲，看見牛兮屍首。阿雅，說不定咱厝兮牛也不能倖免。那是牛死去，以後唔知用什麼來犁田。」

「人平安著好，其他兮免去想伊、去管伊。」她安慰我說。

「可是阿母擔心兮是牛，唔是人。」我壓低自己的聲音。

「對伊，咱兮容忍已到了極限。」她的聲音也是輕輕地，「世界上所有兮老母，伊體內所散發的，攏是慈愛兮光輝、母愛兮光芒；唯有咱兮阿母是異數。可能伊有天生兮虐待狂，親生兮、非親生兮子女，攏要接受伊兮凌虐。如果咱不能釋懷，又閣想袂開，註定即世人要生活在伊兮陰影下，永遠見袂到燦爛兮陽光，永遠無法度突破現狀。」

「有時想想，咱也不該用劇烈兮言辭來頂撞伊、來激怒伊，畢竟伊是咱兮阿母。」我說。

「我當初也是這種想法。但伊有『驚硬不驚軟』兮心態，佮『軟土深掘』兮想法。咱愛記兮，無管有任何劇烈兮爭辯，絕對袂使有粗暴兮行爲。伊會使用掃帚頭打咱，咱袂使用掃帚頭回報伊，這是做人兮基本道理。阿兄，咱愛記兮。」她說。

「阿雅，汝講兮真有道理。阿兄會永遠記在心頭。」我閉上眼，靠在防空洞冷冷的水泥牆上，隆隆的砲聲讓我感覺不出飢餓，昨日的驚魂彷彿是在睡夢中。戰爭不會那麼快結束，心靈與肉體的雙重苦難才開始；戰爭沒有絕對的贏家，輸得最慘的永遠是善良的百姓……。

第七章

我們笑了
這是兄妹間最坦誠最眞摯的笑聲
沒有虛假
不是謊言
在我們體內衍生的是——
同心和互助……

短短的幾個小時，島上的落彈已是數以萬計。居民的傷亡、倒塌的房屋、家畜的屍首，更是難以計算。經常地，有許許多多的噩耗傳來：

東家的阿公被砲彈片擊中「頭殼」，當場死去。

南村的阿嬤被擊中「腹肚」，肚翻腸流，血肉模糊。

西厝的阿丈阿姑被倒塌的瓦礫磚塊活活壓死。

北面一家大小六口被活埋在土洞裡。

許許多多的噩耗、許許多多的屍首，裝在簡易的木棺裡，沒有道士來誦經，沒有地理師來看風水，還得趁著清晨共軍尚未睡醒的空檔，讓屍首不全的親人，長眠在山頭。所經之地，處處可見到、可聞到惡臭腐爛的牛羊屍首。沒有歷經戰爭，不知戰爭的殘酷和可怖；遇到戰爭，誰還能把希望寄託在明天。有了今天，過不了明天，是常見的事。

大姆婆死了。

我們在「深井」的石臼旁，找到她「目睭」不願閉上的「頭殼」，在大門的石檻下，找到她的腿，在「巷頭」裡，找到她常帶著「銀手環」的手臂，用銳器刮下她一小塊一小塊黏在牆壁上模糊的血肉。任我們怎麼的併湊，任我們怎麼地長跪膜拜，求她顯靈，依然併不出一具完整的靈身，依然不能為她穿上她平時捨不得穿，要留待「張老」的川綢衫。八十三歲的大姆婆已是五代同堂的阿祖，在她壽終正寢時，理應風風光光，讓子子孫孫把她送上地理師勘過的「好風水」。然而，她卻沒有福份，等到這一天的到來，殘缺不全的屍骨，她豈能瞑目？草草埋葬，讓她心寒。一切都怪這場殘酷無情的戰爭，不是子女罔顧倫理、不懂孝道。大姆婆，您就閉上眼走吧！遠離這場殘酷的戰爭，走到接引您的西方極樂世界。待戰爭結束，如果我們還活在這幢歷經砲火摧殘過的古厝裡，再為您擇地隆葬，再為您擇地隆葬⋯⋯⋯⋯。

天微微亮，我們得趕緊上山，挖一籃番薯，摘一點菜，砍一些柴，挑一擔水，在砲火下求生存，在防空洞裡過日子。幸好今年的收成，勉強可維持一家四口的生計。主餐是「番薯煮湯」，佐菜是「菜脯」和「土豆」；「飫袂死」、「漲袂肥」。

我也正式接到村公所的通知，參加「民防隊」。有時夜間要冒著砲火在村裡巡邏；白天要訓練，要協助軍方搬運物質、築工事。官派的指導員，全是一些三十八年跟隨國軍來金門的退伍「北貢」，什麼事都是命令，動不動要抓去槍斃；出公差、築工事還要自己帶飯。在匪砲的摧殘蹂躪下，在政府官員的脅迫下，我們已成爲沒有尊嚴的三等國民。然而，儘管你有滿懷的牢騷，滿肚的委曲，什麼話只能往肚裡呑，什麼事只有忍下；要不，準會被貼上「反動分子」、「思想犯」的標籤，雖然不至於馬上抓去槍斃，但心靈上的折磨，會讓你感到不知是怎麼死的。因而，浯鄉的父老兄弟都是烽火下的順民，任由他們擺佈，任由他們發號施命，只求平平安安地做一個炮火下的順民，其他的還能冀求什麼？

一個黑夜，我們十幾位同村的民防隊員，奉命跨上一輛軍用卡車，繞行在顛簸的泥土路上，被載到新頭村郊的一個掩體，與其他村落的民防隊員會合。

我們的任務是搶灘。等待海水退潮、艦艇登陸時，卸下船艙裡的軍用物質。不管是槍砲彈藥、主食副食、大衣棉被必須儘速地卸下、裝車、載離碼頭，存放在安全的掩體裡，以備戰時之需。雖然我們的機艦來去神祕也機密，但匪軍的情報顯然是略勝一籌，碼頭和機場是他們經常砲擊的地點。爲了搶灘，爲了卸下遠從臺灣運補而來的軍用物資，已犧牲了不少寶貴的軍民生命。

岸勤的部隊已搭起了用大油桶和木板綑綁而成的浮橋。砲聲依然在遠方、在近處落下和爆炸，天上的火光劃破了夜空。龐大的軍艦在海上晃動，我們每人分配一頂鋼盔，由一位軍官帶隊進艙分配任務。

悶熱的船艙，肩扛的又是笨重的物體，三趟的來回，我的熱汗已變成冷泉。

「緊搬，緊搬，卡緊搬。稍等耶大貢打來，穩死無活！」

是誰講的話，已不重要了。重要的是「緊搬」、「卡緊搬」。我也暗自慶幸，聽說以往的搶灘，沒像今晚的順利。以往軍艦入港，匪砲也跟著來，今仔日，阮福氣啦！或許每人再搬個四、五趟，就可以回家了。然而，我高興得太早了。

咻！轟！隆！

咻！轟！隆！

密密麻麻的砲彈片已四處飛竄。

臥下，臥下，臥下。

臥倒，臥倒，臥倒。

我扛著一箱子彈，尚未走過浮橋，急促的催促聲，讓我猶豫瞬間，浮橋下的水花濺得好高，橋上的木板也劇烈地晃動。我突然失去重心，子彈和我同時掉進海水裡。幸好浮橋下的水不深，我沒被淹死，卻讓那箱子彈壓傷了我的腳背，也同時喝了幾口鹹澀的海水。

我忍受著疼痛，緊緊地拉住彈箱側面的麻繩，匍匐著，一步一步拉上沙灘。然而，一陣轟隆聲在我不遠處響起，我被一陣濃煙和泥沙覆蓋著。我掙扎著從泥沙中爬起，又臥倒，熱熱的液體由頭上流下，同伴快速地把我抬到掩體，一輛四分之一的救護車把我送到《五三醫院》。我的頭部受傷，只是被砲彈片擦過；我的腳背也受傷，幸好腳骨沒有被壓碎。頭纏著白色的紗布，腳也裹著一團紗布，我被匪砲所擊傷，卻沒有被擊倒。如果被打得屍首分離，血肉粉碎，心也不甘！我的傷在阿母眼裡，依然是「抉死兮青傷」，但我並非要博取她的同情，也不是想重獲母愛的溫馨。這個家對我和阿雅來說，不知該用什麼言辭來形容。雖然我們所付出的不是一股龐大的力量，但，我們又從這個家得到了什麼？獲得了什麼？是留戀，還是離開？這也是我經常深思的問題。

腳傷未癒，行動不便，頭部的傷口也尚未癒合。阿雅必須代替我上山挖番薯、摘青菜，雖然傷心牛羊和豬都被打死，但如果現在還飼養著，卻是一大負擔。人的食物、人的安全，已是沉重的負荷，那還有餘力來飼養它們。

有時看見阿雅氣喘如牛地挑重擔、躲砲彈，內心裡實在有說不出的愧疚。

「阿兄，嘜講客氣話啦，自細漢我受汝兮疼愛尚蓋最，今仔日汝受傷，我做一點代誌，也是應該兮。」

「即穡頭攏是粗重兮，阿兄驚汝凍袂條。」

「袂啦，袂啦。阿兄汝放心，我袂彼呢軟弱。」

我們笑了，這是兄妹間最坦誠、最真摯的笑聲，沒有虛假、不是謊言，在我們體內衍生的是同心和互助………。

第八章

揮著沈重的手
聲聲再見鎖心頭
無言的珍重和祝福
誠摯之心才能感應
離別總有相逢時
離別總有相逢時
……

在砲火中成長的孩子，是否較堅強？而堅強的孩子，是否不輕易掉眼淚？答案是否定的。

《金門中學》因受砲戰的影響，決定遷校。然而，所謂遷校，並非是集中上課，而是由臺灣省教育廳協助，讓金中的學生在臺灣各縣市的省中寄讀。

阿雅今年考取初中，則必須馬上面臨離鄉背井、負笈他鄉的現實考驗。

「嘜讀啦，嘜讀啦！」這是阿母知道後的反應。「查某囝仔跑彼呢遠讀冊，想要中狀元？」

「阿母，時代無尙款啦，阿雅冊讀袂歹，又閣聰明，加讀一點，將來才有前途。」我極端溫和地、誠懇地開導著她。

「無路用啦，無路用啦。」她搖晃著手，冷漠地說：「查某囝仔，冊讀閣卡最，大漢也是別人兮，乎伊讀小學畢業，袂做青瞑牛，伊著謝天謝地啦！」

「阿母，……」我想再做一點解釋，她卻怒氣沖沖地打斷我想說的話。

「免講，免講。呷乎飽，穿乎燒，嘜陷眠！」

我搖搖頭，輕嘆了一口氣，看著在一旁沈默不語、眼眶紅紅的阿雅，這是她一生中最大的轉捩點：失去讀書的機會，與失去春天，同樣讓我們感到悲哀。然而，她卻不能主動地力爭；初中和小學，也有很大的差距，最現實的問題，就是「學費」：小學一切均免，初中卻樣樣要錢，除了學費、雜費、書本費，還有更龐大的食宿費。一旦缺少家庭的經濟支援，連最基本的「註冊」也不成，書，又該從何讀起？

當然，我不知道阿母擔心的是她的學雜費，以及生活費，還是捨不得、放不下心，讓她遠赴地生人不熟的異鄉求學。

我們都同時在砲火下的地洞裡沈默著，以阿母的個性，似乎沒有溝通的餘地。坦白說，這幾年來，蒙天恩賜，番薯、芋、大小麥、土豆和露稅的收成，除了食用，餵養豬羊，剩下的確也賣了不少錢。尤其是販賣豬牛，所得的款項，更是可觀，相信家中一定還有不少的存款。

因此，我想到阿爸，想到這個曾經是三叔公仔口中「無三小路用兮郎」。

隔天的清晨，我跛著腳，堅持跟著他上山。這片空曠的田野，只有我們父子的身影晃動著。

「阿爸，今仔日，阿雅考入初中，是咱厝兮光榮，雖然著去臺灣讀，但是伊也有即个意願，我看咱攏著成全伊。」

「啥米代誌我攏無管，汝去問恁阿母。」他大聲地推辭著說。

「汝是一家之主，也是一位堂堂正正兮查埔郎，唔通啥米攏唔管，尤其是這款代誌，必須由汝做主。」我說。

「我袂做主兮，去佮恁阿母參詳！」

「阿爸，自阮阿娘過身，阿母入咱厝大門，我乎伊打，汝無來佔我、圍我，我兮身軀瘀青積血，一令閣一令；乎伊黑白罵，汝踮邊仔看熱鬧，無替我講一句公道話，我是汝兮親生囝，汝知影嘸？」我氣憤地說。

「汝阿娘無良心，早早著死，放恁二个兄弟拖累我。」

「阮二个兄弟拖累汝？」我頓了一下，「講話愛憑良心，阮那拖累汝，小弟袂送乎別人做囝，我也唔免做牛做馬來拖磨！」

「唔通袂記，是什麼人飼汝大漢耶？」

「阿爸，汝佮阿母飼我大漢兮大恩大德，即世人我無法度報答啦。但是我坦白給汝講，我是吃『臭酸糜』，替阿母倒『粗桶仔』，倒『尿桶』，用『掃帚頭』打大漢兮，用『夭壽死囝仔』罵大漢兮，汝知影嘸？」

「過去兮代誌免講啦！」

「過去兮代誌我永永遠遠記在心肝頭。永永遠遠記在心肝頭。」我用手在胸前拍了好幾下。「阿雅是阿母帶來兮親生查某囝，論理講，伊得到恁兮疼惜比我卡最，即件代誌我會使唔管。但是，人佮人兮逗陣，是有感情兮，伊將我當成親阿兄，我將伊當成親小妹。我已經是青瞑牛一隻，但是袂使誤了小妹兮前途。阿爸，汝無論如何愛拿錢出來，乎阿雅去臺灣讀冊。」

「我無錢啦，即件代誌免講啦！」

「汝有錢無錢，心內有數。舊年賣二水豬，一隻牛港，二十擔芋，三十擔露稅。大麥、麥仔、安薯、土豆、番仔豆攏嘜講，汝佮阿母乎我幾塊，我做牛做馬，暝日拖磨，鄉里啥人唔知影，汝乎我幾塊銀？」

「所有兮錢嘛是收起來，收起來以後倘給汝娶某。」

「阿爸，汝安心啦，阿母兮『好名聲』眾人知，『某』我不敢想啦！汝那答應拿錢出來，乎阿雅去臺灣讀冊，我就謝天謝地，阿彌陀佛啦。」

他不再說什麼。是默許，還是尙在考慮中？阿雅，阿兄已經盡力了。成與不成，攏是汝兮命啦！要記住，目屎只許吞落腹，唔通向外流。阿兄祝汝前途有光明。

終於、阿爸阿母不再堅持查某囝仔讀冊莫路用，同意她到臺灣讀初中。這個從天而降的喜訊，足足讓我們雀躍萬分，眼見即將分離，我也將成爲這個家庭中的孤兒。兩次被匪砲擊傷，我都沒有流淚，挨了阿母的「掃帚頭」，也不再落淚，爲什麼就在今夜，就在此刻，我的淚水泊泊地流著、落著。我是想起死去的阿娘，還是想到和這位異父異母感情卻深厚的妹妹要分離。

不，什麼都不是，我想起了被砲彈擊中腹部、肚皮開花的老牛港。

不，什麼都不是，我想起了大姆婆屍首分離、血肉黏在牆壁上的慘狀。

是的，歷經戰火洗禮的孩子會更堅強。然而，那活生生的悲慘教訓，永不磨滅的回憶，教我如何能堅強，教我如何不落淚……。

「阿兄，咱生在即个不幸兮家庭，歷經這場戰火。即陣兄妹又將分離，親像一眨眼大漢真最，希望咱愛家己照顧家己。」

「阿雅，阿兄是常年參田爲伍，佮牛做伴；而汝是要去一个完全唔捌兮環境求學。我雖然擔心，嘛真放心。惡劣兮環境，悲傷兮時代，往往能爲咱塑造出一个獨立兮人格。阿兄雖然自幼失學，但汝彼呢耐心兮教我讀書寫字，妳在學校所學，阿兄也能粗淺捌一點，乎我唔免做一隻青瞑牛，這份難得兮兄妹之情，一定會永永遠遠記在咱的心肝內。」

雖然我不想流淚，那是缺少獨立精神的，那是不夠堅強的。然而，當她提著簡單的行李，含淚地向我說再見時，我已不再堅強，獨立的人格和精神也逐漸地崩潰。我箭步向前，拉起她的手，緊緊地握住一份即將離別的兄妹之情。流下一串串兄妹即將離別的淚水……。

砲聲再次劃破晴空，離別總有相逢時。揮著沈重的手，聲聲再見鎖心頭，無言的珍重和祝福，誠摯之心才能感應……。

離別總有相逢時。

離別總有相逢時。

…………

第九章

不管是「無三小路用」兮阿爸
不管是以「夭壽死囝仔」咒罵我
用「掃帚頭」打我兮阿母
他永遠是阮兮阿爸
她永遠是阮兮阿母
…………

連連續續，日以繼夜，歷經四十四天的砲火硝煙，終於砲戰停止了。停火的原委不清楚，是暫停或是永久的和平，也不知道。因爲我們不是政治家，也非軍事家，只是凡間的一個百姓，以及荷鋤扛犁的小農夫。其他的有限知識，都是聽說、據說和傳說：：：：：。

從停火一個禮拜，兩個禮拜，到單打雙不打。我們依然生活在砲火的陰影下，我們依然得不到清平時的安寧。時時刻刻必須提防匪砲的襲擊：空爆彈的殺傷力，我們領教過；宣傳彈頭的威力，我們見過；十二英吋俄製的鋼砲彈，掀翻了整座鋼骨水泥砌成的防空洞，我們看過；親人死不瞑目的慘狀，陽光下腐爛生蛆的牛羊屍首，彷彿就在眼前、就在我們的腦海裡。

田裡的坑坑洞洞，必須劏土回填，未爆彈必須等軍方來排除、來處理。整座山坵、整片田野均是滿目瘡痍。想要復耕，不知待幾時；想要收穫，是在遙遙遠遠的時光裡。然而，這條路總是要往下走，況且，我只不過剛啓步、剛踏上這條坎坷的人生大道，想要抵達終點，想要擷取幸福的果實，只有忍受痛苦的煎熬：：：：：。

從阿雅的來信中，得知她被分發在《省立高雄女中》就讀。不久，又領到政府核發的三千元安家費，這筆錢對一位遊子來說，猶如及時雨，不僅是對她，對所有負笈異鄉求學的學子，對所有因戰亂而遠赴他鄉避難的浯島鄉親，可說是貴人的相助。讓他們免受飢寒，讓他們能尋覓一個暫時遮風避雨的地方。戰爭總會結束的，另日再步上歸鄉的路途吧！

自從阿雅到臺灣讀書後，阿母的言談、舉止，似乎有了很大的變化。她不再以尖酸刻薄的言辭來對待我，沒有再以「掃帚頭」來伺候我；大小事情充分尊重阿爸的決定。遇到較有爭議的事情，也是心平氣和地相互溝通。她所展現的，彷佛是阮阿娘在世時的身影，彷佛是阮阿娘的化身，讓這個小小的家庭，瀰漫著一股溫馨的氣息。然而，她的改變，有誰能看清呢？竟連鄉里老大、厝邊頭尾也是議論紛紛，抱持著懷疑的態度。

「李仔玉會改變，我死嘛唔相信。」

「古早人講過，江山易改，本性難移。」

「伊驚死，伊講過自伊大姆仔乎貢打死，時常眠夢，夢見大姆仔拿掃帚頭打伊，夢見大姆仔罵伊苦毒囝仔袂好！」

「惡人無膽，歹人驚死。早晚會得到報應。」

「揹籃假燒金，這款代誌除了李仔玉，別人攏做袂出。」

許許多多的議論，幾乎是一面倒，沒有褒，只有貶。我始終不明白，如此的評語對阿母是「公」，還是「不公」？當然，修了幾天行，焉能立即成佛？阿母突然地對我示好，果真是在夢中遭受大姆婆的教訓？還是深恐遭受上天的懲罰和報應，？果真是大姆婆顯的靈，讓阿母蛻變成一位具有傳統美德、相夫教子、勤儉持家的女性，那大姆婆真是功德無量、佛海無邊了。然而，美好的歲月僅維持短暫的時光，阿母的精神起了很大的變化。每天喃喃自語，魂不守舍地在外面東晃西轉，時而哈哈大笑，時而痛哭流涕；手持棍棒，打雞打狗又打人，鬧得全村無一安寧。阿爸每天跟著她團團轉，唯恐她神智不清，用棍棒傷了人。

「李仔玉起狷啦，李仔玉起狷啦。」

「阿明仔伊阿娘陰魂不散，附在伊兮身軀頂，得到報應啦！」

「來看啦，來看啦，狷玉仔脫光光，二粒老奶脯，咚咚海，二粒老奶脯，咚咚海！」

「緊來看，緊來看，狷玉仔去兵仔營吃麵頭，佮兵仔睏。」

阿爸不得已把她關在「櫸頭內」，她依然哭著、鬧著、拍打門板，高聲喊著：「放我出去，放我出去！」

然而，一旦出去，帶來的困擾更多，每天從門縫、從窗戶爲她送上一些食物，也相繼地從門縫裡飄出嗆人的尿味、糞味，她已完全喪失了理性，也過著非人性的生活。

阿爸聽信讒言，冒著砲火到城裡問卜。

阿爸聽信讒言，請來獅公法師驅鬼魔。

阿爸聽信讒言，遷移了阿娘的風水。

阿爸聽信讒言，門窗貼上了靈符，大門別上黑令旗。

阿爸聽信讒言，請乩身起壇，派金銀紙，做醮、飲符水。

不知消耗多少時間，不知花費多少錢財，阿母依舊在那不見天日的「櫸頭內」過著非人的生活。沒有人同情，沒有人褒揚她的爲人，沒有人肯定她對這個家的貢獻；對子女只有「苦毒」，沒有愛；只有打罵，沒有關懷。所有的過錯必須由她自己承擔，必須忍受著上天對她的懲罰。必須承受心靈與肉體雙重的苦難。

對她，我已沒有怨恨，童時所遭受的，已化成此刻對她的同情以及母子深情。經常地阿爸開啓房門，拉住她，由我來清理髒亂的房間，惡臭的糞便。我們父子沒有半句怨言。母子的交集，或許遠了一點，但又得忍受親友的疏離。

一个狷，歸家口攏是狷。

我們父子必須忍受被人奚落的事實。阿爸是狷玉仔兮尪，我是狷玉仔兮囝。狷順仔，狷阿明。每一個細胞、每一根汗毛，舉手投足，平日言談，攏總是狷耶！

狷郎講狷話。

狷郎做狷代誌。

一個家庭的變遷，彷彿只那麼短短的一剎那，想創造一個幸福美滿的家庭，往往要經歷多少艱辛苦楚的歲月。

阿母使盡了力氣，撞開了房門，一溜煙地跑了。她像孩子般地與阿爸在村子裡捉迷藏，整個村落雞飛狗跳，兒童被嚇哭了，大人深恐被猾仔打，也關起了大門，或躲得遠遠的。不錯，猾查埔追著猾查某，猾囝也幫忙追猾母：讓所有的村人都來看猾耶，讓所有的村人都來看猾戲。

她突然間躲到陰暗髒亂、滿佈灰塵與蜘蛛網、堆放農具與「土豆藤」的草房裡。阿爸聲音柔柔地喊著：

「玉仔，玉仔，出來，出來。」

「玉仔，玉仔，出來，出來。」

裡面沒有回應，阿爸順著空隙往前走。猛而，一陣劇烈的器具碰撞聲，一聲淒慘的哀嚎聲，阿爸被阿母用「三齒」襲擊著頭部，已不省人事地倒在血泊裡。

我急速地搶走她手中的「三齒」，緊緊地把她抱住，高聲呼喚著鄰人。

「順仔乎伊猾某用三齒打死。」

「順仔乎伊猾某用三齒打死！」

草房外已擠滿了人，衛生排的醫官也提著救護箱趕來。然而，三齒的尖銳，加上阿母使出的猾力，已不能挽回阿爸的性命。而此刻，阿母卻不再掙扎，喃喃自語地注視著血流滿臉、已無生命跡象的阿爸。

她緩緩地走近阿爸，用手摸摸他沾著血的頭和臉，突然尖聲地叫著：

「順仔。順仔。順仔……」而後伏在他身上高聲地哭泣著。時而捶胸，時而捶頭，是否她已知道闖了禍？是否她此時，神智又正常了。

「心肝順仔，我心肝順仔，汝有聽著我兮聲嘸，有聽著嘸，順仔，我心肝順仔……」她搖著一頭散亂的髮，哭聲已逐漸小而沙啞，猛然地雙膝跪在地上，雙掌朝上，露出沾血的雙手，驚叫著：「血，血，血！」而後走開，而後跑遠。我已無心把她拉回，任由她走吧！這個殺父的兇手！

鄰人協助我把阿爸的屍體移入大廳。村公所的幹事已報了官，有來調查的，問筆錄的，驗屍的。然而，卻到處找不到兇手。有人看見她從東邊跑，有人目睹她在西邊走，整個村落都找遍，就是不見她的蹤影，也沒有一絲兒聲息。

「猶查某，去死好啦！」

「苦毒囝閣殺尪，會死袂出世。」

「大家那唔相信，試看嘜，即个猶查某，已經得到報應啦！」

任何的咒語，對一個失常的人來說，已沒有多大的意義。「去死」也好，「死袂出世」也好，「得到報應」也好，已是多餘而浪費口舌的言辭。如果真能「去死」，實際上也是一種解脫。因爲一個神智失常的人，活著何嘗不是一種痛苦，也是社會和家庭的累贅。然而，上天對這個家庭也太殘酷了。阿母已被找到，她選擇用麻繩穿過橫樑，自縊在草房的最末端。身軀已冰冷僵硬，伸出的舌頭已呈黑褐色，腳下是一個被踢翻的木箱。「一樣生」，「百樣死」，人有求生的本能，亦有選擇死的權利。她是在精神耗弱下爲之，還是在清醒時選擇這條通往陰間的小路？我的精神已崩潰，陰間這條路雖禁止我通行，實際上，我也不能走，兩具停在大廳裡的靈身，我必須舉「番仔」、穿「麻衫」、包「頭白」，送他們上山頭……。

不管是「無三小路用」兮阿爸

不管是以「夭壽死囝仔」咒罵我、用「掃帚頭」打我兮阿母

他永遠是阮兮阿爸

她永遠是阮兮阿母

第十一章

浯鄉的山巒已是模糊一片
紅色的磚瓦已褪成白色的記憶
燕尾馬背在我腦海裡蕩漾
我已望不見故鄉
我已望不見故鄉
……

家庭的遽變與時間的長短沒有絕對的關係。

我在這充滿著變數的人生歲月裡，相繼地失去了二位親人。雖然在逆境中成長，對家失去了希望，但家也曾經給我溫暖，也曾經是我遮風避雨的地方。我沒有理由不愛它；我沒有理由對曾經是這個家庭中的成員存著鄙夷之心。雖然阿爸阿母都走了。如果等阿雅辦好出入境，再候船回來，送他們一程，或許腐爛的屍首將生蛆，屍水也將流出棺木外。這是現時代的悲哀和無奈，也是浯島子民負笈他鄉求學謀職，所必須面對的問題。我們不得不屈服於現實；我們不得不痛陳這個悲傷苦難的年代。

戰爭依然持續著，雖然沒有初時的強烈，但單打雙不打，夜晚的砲宣彈依然讓我們膽顫心悸，想免於被砲火摧殘是夢想、想過太平的日子是奢望。人生竟是希望與失望交錯而成的。過多的苦難，衍生不起歡樂、過多的歡樂卻易使人迷失。

我能理解阿雅此時的悲痛心情。從她的回信中，對家沒有苛責，對死去的雙親卻充滿著愛和歉疚。不管是生她、育我；非她所生、非他所養；我們都同感命運之神，對我們兄妹實在太殘酷。這不是報應，而是命運：是凡人無法抗拒的命運，絕不是無形的現實報應。在信中，我們不能詳述事故的前因後果，只能忍受悲痛，接受這份事實。豈能把不幸歸罪於這個社會、歸罪於這個歷經砲火摧殘，而屹立不倒的小小島嶼。

歲月已讓我成長，也有足夠的能力來處理一些突發的狀況。我是阿明，「猾囝」已隨著阮阿母埋在墓穴裡，不能叫我「猾阿明」，不能指著我說是「猾玉仔兮囝」，我有我的理想，我有我的目標和方向，不會是這個社會裡的一隻吸血鬼和一條寄生蟲。然而，我已成了這個村落裡唯一的孤兒，以前的儲蓄，支付阿母病發期間的「獅公」、「童乩」、「法師」、「做醮」、「金銀紙」……等錢，以及阿爸阿母往生時的「棺木」、「鼓吹」、「祭桌」、「菜碗」、「白灰」、……等錢，所剩已不多，我悉數寄給阿雅。她也是我餘生的唯一親人，是我兮小妹、是期待我疼惜照顧兮小妹，不是長大後要做「大郎」。只期望伊好好讀冊，在社會上做一個有路用兮人。

我再次巡視了滿目瘡痍的田野，戰爭讓我喪失了一切；雖然迄今仍不明白，阿母是否因戰爭而「起猾」，但從開始到現在，它帶給我們的傷害，遠勝百年天災。我也無心再戀棧這片田野；雖然，我曾經在這片土地上長大，對它的感恩，猶如生我、養我的母親，但我不得不離開，並非逃避，並非懼怕走在這條砲火硝煙的浯鄉大道。

我肩上披著「從軍報國」的紅色綵帶，軍用卡車載著我們在窄小的街道上遊行，掌聲取代鞭炮，歡送著我們遠去。白雲在藍天中飄遊，秋陽溫煦地映照在我們的頭頂上，車輛輾過堅硬的紅赤土路，砲火殘存的硝煙，讓野地裡長不出翠綠的青草，枯萎的林木纏著籐蔓，飛揚的塵土已逐漸地阻擋住我的視線。浯鄉的村落一個個消失在我的眼簾，家也離我愈來愈遠，我是一個被時代遺棄的孤兒……

……。

軍艦在外海原地浮動。我把莊嚴神聖的「從軍報國」綵帶取下；「從軍」是爲了「報國」！我的心靈與理智強烈地交戰著，「從軍」只是想遠離這塊即將被砲火吞噬的島嶼，「從軍」只是不願在這塊無父無母、烽火連天的土地上，做一個孤兒；「報國」二字對一個長年生長在這塊島嶼的順民來說，的確是倍感遙遠。然而，在這個時代、在這樣的環境下，「從軍」的路途則是最貼近我們的心胸。一個烽煙下的順民，他的思想是潔淨無塵的，沒有任何的毒素可資污染。他們信守的是老屋牆上鏗鏘有力的標語，他們日夜聽到的除了砲聲，那便是激昂而沒有美感的軍歌聲；聽久了，也能朗朗上口，也能跟著舉手呼口號。他們不懂「時代考驗青年，青年創造時代」這類美妙的語辭。「從軍」也就是「當兵」的代名詞：當兵「呷公家」、「穿公家」、「無煩無惱」，只要扛得動槍，能寫名和姓，能識些粗淺的大字，「救國團」的大門口，常年掛著「歡迎青年加入從軍報國的行列」，因此，我選擇這條簡單的路，先尋求「呷公家」、「穿公家」、「無煩無惱」。「報國」二字對一位「無讀冊兮青瞑牛」來說，實在太沈重了……………。

太陽映照在碧波無痕的海面，軍艦啓錨，加足馬力，快速地航離浯鄉的海域。誠然，從它龐大的船艙裡，不知卸下多少火藥和槍彈，多少機槍和大砲。但它依然懼怕一顆在它肚裡，彷彿是眼中細沙，那麼微小的物體，一旦穿破它的腸肚，吃進無可斗量的海水，那時，我們都將成爲汪洋中的一個冤魂，既不能「從軍」，也不能「報國」，靈魂將隨波逐流，遨遊五湖四海。

甲板上是烈日和海風，浯鄉的山巒已是模糊一片，紅色的磚瓦已褪成白色的記憶。燕尾馬背在我的腦海裡蕩漾。第一次離家出遠門，新的開始就在今朝、衣錦還鄉是遙遠的夢，失落的身影，也不能從海底裡浮現。

浯鄉離我愈來愈遠了。

我已望不見故鄉。

我已望不見故鄉……………。

第十一章

愛河低垂的柳樹
萬壽山翠綠的林木
波濤洶湧的西子灣
令我們心曠神怡
然而
這畢竟是異鄉的景緻
再美 再迷人
我們依然是過客 不是歸人
……

經過二十餘小時的海上顛簸，終於我們看見萬壽山的燈光，閃爍著耀眼的光芒，刺耳的汽笛聲，告訴我們，船已靠岸。然而，我沒有到達目的地的喜悅、亦沒有離鄉時的離愁。內心猶如碧波無痕的湖泊，是那麼地平靜，那麼地祥和。

我跟隨著領隊，以及一起「從軍報國」的同鄉青年，默默地走著。異鄉的夜晚，寬廣的街道，處處閃爍著迷人的霓虹燈。然而，我卻沒有多看它一眼，高樓閃爍的燈光，仿若從我頂上飛過的砲彈，讓我心猶有餘悸；吵鬧的人聲、車聲、喇叭聲，多麼像砲彈落地時的聲響，讓我想躲進地洞裡。

阿雅告訴我，她們學校離十三號軍用碼頭很近。但我們此刻所遙隔的，依然是天涯海角；船舶的進港出港，啓錨航行的時間，一切都是不可告人的機密。雖然，我曾經寫信告訴她「近期」將來臺灣入伍，但「近期」是什麼時候，當事人也是一無所悉，一切都是等命令、待通知。兄妹想在此時會面，已是不可能。況且，我跟隨的是一個團體，所有的時間、個人的自由，全由領隊來操控，與我們接受「民防隊」訓練是同樣的情形。一切服從命令，服從領導，誰膽敢說聲「不」字，軍隊當然也是奉行這種紀律。雖然尚未正式換上軍裝，卻已聞到一股濃烈的軍隊氣息。因爲我們已吃了好幾餐「免錢兮兵仔飯」，一旦到了「訓練中心」，理了光頭，穿上軍裝，阮不就是一個堂堂正正「呷公家」、「穿公家」、「有錢拿」兮「兵哥」。家鄉的砲聲，我們聽不到，民防隊的「公差」、「巡邏」、「碼頭搶灘」，我們輪不到。「當兵好、當兵好、當兵真正好」，這是我小學二年級讀過的「國語」，與老一輩說的「好鐵不打釘、好男不當兵」，簡直是不一樣嘛！

我的「從軍報國」，阿雅不但贊成，而且鼓勵有加。阿娘、阿爸、阿母已相繼地離我們遠去，陸陸續續的砲聲，不知待何日始能停止，守著那幾畝靠天收成的田園，又沒有幫手，倒不如「從軍報國」；如果經濟上不允許她繼續升學，她也會找一份工作，來維持自己的生計。若依目前的學雜費和生活費，她身邊的錢，唸到初中畢業，絕無問題。而且，我亦有薪餉可領，屆時必可資助她。許許多多的事情，我們都曾經在信上溝通，彼此間也有很好的默契。因爲在我們的家庭中，僅剩下一對異父異母的兄妹，倘若不善加珍惜和友愛，不彼此照顧和鼓勵，又有誰願意伸出一隻誠摯的手，又有誰願意給予我們一絲關愛的眼神。社會的現實，人情的冷暖，我們心知肚明。

含腥的海風，比起船艙裡沈悶又充滿著油煙味的空氣，要讓我們舒暢很多。我們全員下船到齊了，上了卡車，急速地離開軍人、軍車與軍用物質搶著卡位的十三號碼頭。

從雙哨的碼頭大門，接受哨兵的檢查，卡車滑下斜坡往左行，很快地通過一條老舊的柏油路再右轉，我驀然驚見《省立高雄女子中學》屹立在大門上的橫式校名，我目不轉睛地注視著它，想著在這裡讀書的阿雅：我們已是好久好久未曾見面，齊耳的髮絲，白衫黑裙，青春活潑，這就是中學生吧。然而，我的視線很快就迷失在路邊的燈光裡。一部接一部的汽機車、三輪車、腳踏車，十字路口的紅綠燈，橫越斑馬線的紅男綠女，與家鄉不一樣的景象，讓我眼花眩亂。

很快地，我們進入《高雄車站》第一月台，擁擠的人潮，看不到車頭的火車，讓我們感到新鮮。我們坐的是加掛的運兵車廂，與一般旅客完全隔離，目的地是新竹《第一訓練中心》。訓練中心的操練，與民防隊訓練都有異曲同工之處：因而除了生活上較為緊張外，其他如出操、上課、打靶、出公差、打掃環境，我們不但駕輕就熟，更能適時完成任務。教育班長對我們這批來自金門的子弟兵，禮遇有加，排長、連長更是讚聲連連：因為我們規矩不調皮；因為我們聽話不搗蛋；因為我們勤奮不投機；因為我們射擊準確、沒打過麵包；因為我們認真學習、政治課考試從無不及格；種種理由和因素，我們得到的掌聲更高，但從不驕傲、從不自滿，依然認真學習。二個月後，我們轉進《裝甲兵學校》，接受為期六個月的專業訓練，我們士氣高昂，我們的心胸開朗。畢業後，國家將授予我們「裝甲兵下士」的軍階，每月的薪俸也將由八十五元調高到一百元。我相信供給阿雅每學期的費用絕對不會有問題，只要她努力、只要她用功，把書唸好，我的付出才會有更深更大的意義。因為這世界上，已沒有什麼可替代我們兄妹間誠摯的親情，生她的父母已死、生我的父母已亡，我們能成為今生今世、永恆的兄妹，誰說不是緣分；父母的二度梅，二家的再連接，誰說不是老天的恩賜。誠然，我們都受到有暴力傾向的阿母「苦毒」，但畢竟已經過去了。阿母的陰影，也早已讓燦爛的陽光曬乾，我們珍惜著現在，也期待一個嶄新的未來……。

幸運地，我被學校留下當助教。不是我的學識好，而是我的戰技演練、動作嫻熟又標準、信仰堅定又服從命令。我已鐵定不會下部隊，也不會回到戰地的老家聽砲聲，甚至當砲灰。我將安安定定在這個人人夢寐以求的士官學校當助教。上了幾十堂的政治課，終於我悟出真理：「報國」不一定上前線，做一個堂堂正正的革命軍人是「報國」，信仰三民主義也是「報國」，把學生教好就是「報國」。「報國」的定義實在太簡單了，早知如此，何不早早就「從軍報國」。免得在家聽砲聲、躲砲彈、呷「安薯」配「菜脯」，「飫更」閣「失頓」。

士校結業後，依規定有一個禮拜的探親假。然而，我已無親可探，唯一的是在高雄讀書的阿雅。我們也很久沒見面了，雖然往返的書信不斷，如果兄妹能在異鄉見了面，那真是太好了、太美了。因而，我決定拍電報給她：我將坐星期六的夜車，要她星期天早上在高雄車站接我。或許，我們將有許許多多話想說、想談；或許我們彼此會無言地沈默著，不知該說什麼，該談什麼？人的心理，有時矛盾、有時反覆；想說又不說，想見又怕見；見不到又傷神又失望，見了面卻爭吵激辯，不歡而散。實際上，這也是人最基本、最自然的內心反應。如果能想通，一切問題都不是問題了。

慢車的時速，有時真讓人身焦心急。我靠在車廂長椅的枕木上，睡睡醒醒、腰酸腿麻，渾身不舒服。抵達《高雄車站》，已是春陽上升時刻。步下月台，沒有春風的輕拂，卻有惱人的悶熱，身穿長袖軍服又戴帽，更顯得密不通風，熱汗也由帽沿滴下。

「阿兄，」是阿雅的聲音。

我用手帕擦著汗，也轉頭尋找發聲處。心中的黃毛ㄚ頭，已是亭亭玉立的美少女，烏黑齊耳的髮絲，清純秀麗的臉龐，一襲白底紅花的短袖襯衫，搭配著黑色的百褶裙，散發著一股迷人的青春氣息。歲月讓人成長，環境使人改變，從阿雅身上聞不到「番薯味」，如同我身上充滿著「兵仔味」一樣。

「阿兄，」她拉了我一下，「汝在想啥米啦？」

「阿雅，」我們相繼地移動著腳步，「想袂到汝變彼大漢啦，嘛變水啦。」

我笑著摸摸她的頭。

「阿兄，汝也是，穿起兵仔衫，閣卡親像大人！」她挽著我的手臂，高興地、雀躍地笑著說。

「汝聞看嘜，」我笑著把手臂伸向她的面前，「兵仔衫攏有臭兵仔獻味，聞久會乎汝驚死喔！」

「袂啦，袂啦，阮袂驚啦。」她仰起頭，看看我，「細漢時陣，在咱厝、我幫汝推粗、推牛糞肥，從來無講一聲臭。阿兄，汝講有影嘸。」

「有啦，有啦。我知影汝袂嫌啦，講起來真好笑，二付衫褲替換穿：熱天時，汗直直流，澹澹穿到乾，隔日攏嘛臭酸糊糊。」

「當兵真甘苦，衫褲無人補，暗時想無某。」她唸著，而後哈哈大笑。

「細漢時陣，對著老北仔唸兮囝仔歌，汝攏記耶？」

「時間雖然過得真緊，但是細漢兮代誌，親像在目睭前。有時，想起阿母無代無誌打咱罵咱，心肝內真氣。想起阿母起狷，打死阿爸，閣去吊死，心內嘛是真甘苦、真傷心。」她神情黯然地說。

「阿雅，過去兮悲傷代誌，嘜去想伊，啥米攏是天意。一世人好歹攏註好好。」我安慰她說。

「講實在話，我接著你兮電報佮批，目屎直直流，老師嘛幫我到處探聽，問船期、問手續，尚緊愛十日後才有船回金門，手續閣卡歹辦。」她無奈地、也傷心地，「無法度返鄉送阿爸阿母上山頭，想起來目屎流。」

「大家攏知影汝兮情形，袂怪汝。」

「咱這家實在有夠不幸，一切攏怪這場戰爭。」

「想相最，講相最，無落用，啥米攏是命。」

我們已步出了車站，往右邊的騎樓緩緩地走著，港都的春陽嬌豔無比。騎樓下來往穿梭的人潮，讓我們不能併肩而行。

她走在前頭，三不五時地回頭看看我，或許深恐我這個「憨兵仔」走丟了。其實，這是她的多慮，無論訓練中心的打野外，裝校五天四夜的行軍，從未讓我迷失方向，何況是這條街道。

「阿兄，」她停下腳步，回過頭，「天氣實在真熱，我請你吃刨冰。」

「妳帶路，我請客。」我們相繼地移動著腳步。

「這是高雄耶。」她笑著。

「無管高雄、臺北，阿兄每月有薪餉，汝還在讀冊，無管吃什麼，阿兄攏請會起啦！」

「我家己知影，這幾年來用去厝內真最錢。」她不安地說。

「阿兄從頭到尾攏支持汝讀冊，用錢愛用了有適當、有目的，才有意義。雖然以後咱無大牛、無大豬倘賣，但是，我月月有薪餉，會儉起來乎汝讀冊，以後才有前途。」

「感謝阿兄，我會永遠記在心肝頭。」她突然地拉起我的手，「有時我嘛會想起咱細漢時陣，二嬸婆講過兮話。」

「什麼話？」沒等她說完，我搶著說。

「伊講咱大漢會使做大郎。」她輕聲說。

「三八，」我笑著輕擰了她一下手，「老伙仔愛講笑，汝嘜記在頭殼內。」

「阿兄，我是講真兮咧！」她扯了一下我的手，認真地說。

「嘜講三八話啦，阿兄有一个心願，就是照顧汝大漢，乎汝讀冊，以後嫁一个好尪婿。」

她默默不語地，帶我走進一家不太起眼的冰果室。

「二位人客，要呷啥米冰？」店家老闆娘走過來招呼。

「阿雅，汝來點。」我對著她說。

「一碗清冰，一碗四果冰。」她對著店家說。又轉向我，「阿兄，先講好，汝呷四果冰，我呷清冰。」

「我知影，汝大漢啦，捌世事，好料要乎阿兄呷。」

她笑笑，甜甜的小臉綻放著一朵燦爛的紅玫瑰。是的，她是長大了，是大漢了，不再是提籃摘野菜、捲著褲管跟我上山撿番薯的小村姑。來到港都這個繁華的城市，已是不短的一段時日，是否這個開放的社會讓她早熟，是否少小離家與不幸的家境，培養出她異於常人的獨立性格？她的語辭，她的思維，所隱含的，或許遠超過她的年齡。當年，二嬸婆的一句玩笑話，我也向她解釋過，「做大郎」就是「成親」。怎麼她竟把這句話放在心上，今天又無緣無故地提出來，果真她想過要與我這隻「青瞑牛」做「大郎」？這是多麼不可思議的問題。我們雖然是異父異母，「做大郎」並非不可以，也是很貼切的一件事，然而，她是我的小妹，是我情同手足、親如同胞的小妹……。

「阿兄，緊呷啦，冰已經變水啦！」她打斷了我的思維，「想啥米，想歸埔？」

「想著咱細漢兮時陣，想著阿爸、阿母扛去埋，阿兄一人哭仔無目屎。阿雅，阿兄目屎強強要滴落來。強強要滴落來⋯⋯⋯⋯。」我說著，喉頭一陣哽咽，目屎已滾下來。

「阿兄，汝叫我嘜講過去，嘜想過去，阮攏聽汝兮話，以後記兮，嘜閣傷心啦。」

「好啦，阿雅。」我輕嘆了一口氣，「過去兮代誌，就乎伊過去，未來才是咱需要追求佮把握兮。但是汝愛永遠記兮，以後袂使講起『做大郎』兮代誌，咱兄妹講講笑袂要緊，乎別人聽到，會笑死，知影嘸！」

「是，阿兄。」她頑皮地舉起手，向我敬個禮，「以後啥米代誌攏聽阿兄兮話。」

「著，這才是阿兄兮乖小妹。好好讀冊，無管高中、大學，阿兄攏總負擔到底。汝知影，時代無尙款，古早人講查某囝仔讀冊無落用，飼大別人兮，這个觀念已經落伍啦。青暝牛想要賺大錢、做大代誌，實在是無可能。」

「感謝阿兄，我會認真打拼，好好讀冊，袂乎阿兄漏氣。」

我們相繼地笑了，輕盈誠摯的笑聲，在這方小小的冰果室裡迴旋。以前的悲傷情事，彷佛一剎那間都離我們遠遠的，內心裡的陰霾亦由港都怡人的景緻所取代。

我們兄妹手牽手，漫步在愛河畔，低垂的柳樹向我們致意，潺潺的流水向我們敘述一個古老的故事。

我們兄妹相互扶持，攜手同登萬壽山，翠綠的林木，盛開的花蕊，讓我們心曠神怡。波濤洶湧的西子灣，令我們心胸更寬廣，精神更愉快。然而，這畢竟是異鄉的景緻，再美、再迷人，我們依然是過客，不是歸人………………。

第十二章

在夜燈的映照下
我看見一對烏黑的大眼
閃爍著迷人的光芒
紅柿似的雙頰
印著醉人的標誌
…………

緊張的生活，往往能讓人忘憂忘愁，忘了過去，更無暇想到未來。

「助教」對我來說，是考驗也是挑戰。一般的基本動作示範、武器的保養和操作，都難不倒我。然而，阿母撕爛我的書包，燒掉我的書，讓我成爲一隻「青瞑牛」，是我「從軍報國」以來，最大的遺憾。雖然，在阿雅的補習下，簡單的書信能讀能寫，政治課本多數也能理解，但仍然感到需要學習與充實的太多了。在同是「助教」的同志中，彼此的學識也相差無幾，誰跟誰學，還是個未知數。同是「從軍報國」，是唯一的共同點，其他的—彼此彼此。

在一個偶然的機會裡，我認識了隊上的文書—武上士。他寫得一手好字，經常出口成章，我接近他的理由，當然是爲了向他學習。他教我握筆運筆，也直接地告訴我，要先把字練好、寫好，再慢慢地求取知識與學問的增進。當然，我學習的精神以及進步的神速，都讓他深感訝異，也因此經常地被抓公差，幫他抄抄寫寫，刻刻鋼板、登記公文、油印名冊、報表。坦白說，這些文書工作，不是一位助教能輕易地學到的；甚至他要我像學生般地站在面前，背誦他送給我的唐詩，我並不以爲忤，欣然地接受。他更不厭其煩地爲我辨正、爲我講解，讓我受益良多、獲益匪淺。公事上，我以武上士來尊稱他，私底下我誠摯地喚他武大哥。從我們體內衍生的是一道亦師亦友、如兄如弟的火花。當然，還熔入了一些革命情感。

武大哥是山東人，也是我們俗稱的「北貢」。十八歲隨國軍來臺灣，今年只不過三十郎噹，看起來比實際年齡老很多，因爲他長得高頭大馬、皮膚黝黑。據說他老家是望族，祖父當過縣太爺，自幼飽讀詩書，十七歲就已經完婚，但我不能再追問他「從軍報國」的理由了。

他三十歲生日的那天，巧逢是星期假日，他講好晚上在福利社的飲食部，請我吃麵。我不加思索地答允他盛情的邀約，並花了半個月的餉錢，買了一枝派克二十一型的鋼筆，刻上字，祝他生日快樂。

學校的福利社，它的規模可說不小，「百貨」、「理髮」、「洗衣」、「照相」、「飲食」、「撞球」、「冰果」……等，不必上街，學員們可就近消費，遇到假日，生意更是興隆。飲食部吵雜的人聲、熱鬧的氣息，猶如滾滾沸騰的「酸辣湯」——五顏六色、五味雜陳。

「米粉嫂仔，來二碗米粉湯。」

「米粉嫂仔，來一盤豬頭皮。」

「米粉嫂仔，來五十粒水餃。」

「米粉嫂仔，來三十粒鍋貼。」

「米粉嫂仔，來一盤炒麵。」

「米粉嫂仔，來一碗豆腐豬血湯。」

被喚「米粉嫂仔」是一位親切隨和的小姐，她的長髮紮成一束馬尾，圓圓甜甜的臉，不像蘋果倒像新竹名產——紅柿。我與武大哥站著看了好一會兒熱鬧，才在一個不起眼的角落坐下。然而，我們並沒有高聲叫喊。武大哥雖然長得粗壯，但卻有長者溫文儒雅的風範。他用桌上的紙筆，點了好幾道菜，外加一瓶「烏梅酒」。

「米粉嫂仔，來一盤米粉炒豆腐。」

一聲高音的玩笑，引起滿堂的爆笑聲，米粉嫂仔收起笑臉，向聲音來處白了一眼，低聲罵了一句：

「三八兵！」

坦白說，今天是我第一次來到飲食部，「兵仔飯」實在比家鄉的「安脯糊」強多了。我不但能適應，也可說飽食三餐。饅頭、稀飯、麵條、米飯，讓我成長，更讓我茁壯！因而，我深深地感受到選擇「從軍報國」這條路是對的、是正確的！如果不是武大哥的生日，我鐵定不會來到這個地方。更不可能見到像「米粉嫂仔」那麼令人喜愛的查某囝仔。

跑堂的小妹陸續爲我們端上菜，武大哥爲我倒了一杯「烏梅酒」。

「武大哥，」我端起杯，「祝你生日快樂！」

他舉杯喝了一大口，而我隱約地感受到他緊鎖的眉頭，似乎有一股淡淡的輕愁。今天是他的生日，理應高興，然而，生日亦是母難日。是否讓他少小離家的離愁湧上心頭。

「老弟，謝謝你送我派克鋼筆。我會好好地珍惜，留下做紀念；就像從家鄉帶出來的八三六一鋼筆，一直保存到現在，捨不得拿出來寫。惟恐筆尖磨鈍了，寫壞了。」

我點點頭，默默無語地點點頭。

「有時我取出，寫下幾行，解解鄉愁、想想爹娘；有時我無言地面對它，想想怎麼那麼幼稚地被騙上賊船。」他聲音低低地，含著些許無奈、含著些許悲憤地說。

「武大哥。」我輕聲地。「不能講，不能再講，什麼都不能講。我們吃麵吧。」

他眼眶紅紅地點點頭，粗壯的漢子，亦有他柔性的一面。只是此時此地，這個年頭，這個時刻，不容許我們做題外的表述、不容許我們有革命情感以外的發洩。他應該比我更清楚、更明白、更能控制住自己的情緒。

他已喝了不少酒，而我只淺嚐甜甜的烏梅酒香，飲食部吵雜的人聲也逐漸地散去，清靜讓我們吃下更多的菜餚。米粉嫂仔笑咪咪地走來。

「武班長，」她嬌嗔的聲音，讓人倍感親切。「還要加點什麼嗎？」

「米粉嫂，坐、坐、坐下。」武大哥高興地、「妳真像俺家裡的小妹子。」

我站起身，從桌下拉出椅子，她無拘無束、毫不扭妮地坐下。

「武班長，米粉嫂是那些三八小兵叫的，既然我像你家的小妹子，你就叫我小妹吧。」她坦誠地、也正經地說。

「行，行，行。」他興奮地，「妳是俺的小妹子，俺是妳的大哥。」

我陪著他們開心地傻笑著。

「這位小班長沒見過，」她看看我，又看看他，「是新來的吧！」

「米粉嫂仔，我是武大哥隊上兮助教，金門人啦。」我含笑地面對她，自我介紹。

「金門人。」她訝異地，「金門即陣有打砲嘸？」

「有啦，但是無前幾年兮激烈。」

「汝是驚打砲，才跑來臺灣做兵？」她好奇地問。

「唔是啦，」我笑著，「阮是從軍報國，準備隨武大哥反攻大陸啦！」

我們開懷地笑著，在臺灣住了十餘年的武大哥，當然也聽懂我們的談話，也跟著哈哈大笑。

我爲她倒了一小杯烏梅酒，再舉起自己的酒杯說：

「米粉嫂仔，我敬妳一杯燒酒……」

「等一下，等一下。」沒待我說完，她卻阻擋著我即將靠嘴的酒杯，「我已經講過，米粉嫂仔是彼三八小兵叫兮，汝以後叫我米粉嫂，我著叫汝安薯兒！」

武大哥和我都被這突然的幽默笑彎了腰。

「好，好，好。」武大哥笑聲未減，「米粉嫂配安薯兒，天生的絕配！」

只見一抹彩霞從米粉嫂臉上飛過，她不再說話，我也有些靦腆。

「有緣呀！有緣呀！」武大哥舉起杯，高興地，「咱們就喝下這一杯吧！」

我分了三次，才飲下那杯甜在嘴裡的烏梅酒，而她卻豪爽地一口乾杯。我的確不知她的來頭，也不知她的酒量。她時而站起，時而坐下，時而來又去，好像真的與我們結了緣，不願意分開似的。然而，武大哥的生日隨著夜黑而過去。我們必須離開這裡，同在這方土地上，有緣必有見面時；無緣咫尺難相見。

微醺的武大哥，感性地向她揮揮手，說了一聲：

「小妹子，再見！」

我鼓足了勇氣，依然說不出——

「米粉嫂仔，再見！」

而她卻大方地搖擺著手，不停地說著：

「再閣來，再閣來，再閣來！」

在夜燈的映照下，我更清晰地看見一對烏黑的大眼，閃爍著迷人的光芒，紅柿似的雙頰，印著醉人的標誌。

那晚，我失眠了。

我想念著米粉嫂仔，想念著她的一顰一笑，想念著她美麗的容顏、悅耳的聲韻⋯⋯⋯⋯⋯⋯。

第十三章

她微偏的頭
讓我感到窩心
中間的扶手
有我們手心與手背的重疊
願這齣戲能繼續演下去
直到地老天荒……

我實在沒有膽量告訴武大哥，我經常想念著米粉嫂仔。飲食部雖然是公共場所，有錢就有權去消費；但我微薄的薪餉，必須供給阿雅讀書，以及每月固定支出的一些日用品費，所剩並不多，所餘也有限。雖然好久沒去飲食部，也沒見過米粉嫂仔，但從武大哥口中，我打聽到她爸爸是退伍軍官，也是「北貢」，媽媽是「在地人」，燒得一手好菜，炒煮米粉更是拿手。自從包下學校福利社的飲食部，更以物美價廉的新竹名產——「米粉」爲招牌，吃樂了學校的幹部和學員，對她們這位長得清純秀麗、服務親切的掌櫃兼跑堂的女兒，也給予很高的評價，並賜予她一個綽號——

米粉嫂仔。

據說她並沒有排斥、也沒有不悅，欣然地接受這份「尊榮」，追求她的「三八兵仔」，每個中隊都有。米粉嫂仔還沒有一個看上眼呢！因此，我更想念米粉嫂仔，說不定我比別人幸運，能獲得她的青睞。我總是那麼地想著，袂見笑地想著——

安薯兄配米粉嫂。

武大哥似乎已洞察到我的心理，經常有意或無意地提起米粉嫂仔的一些小事。我不但洗耳恭聽，而且是聽得津津有味。然而，我並沒有再跨進飲食部一步，就讓這份相思隱藏在我青春時期的心靈裡。

接到晉升中士的任官令，內心的喜悅難以形容。我不但升了中士，也由助教晉任分隊長，與阿雅免試保送高中，可併稱爲「雙喜臨門」。然而，對於這份喜訊，我並未張揚，也很低調；國家的中士多得很，多我一個，少我一個，「反攻大陸」不變。令我興奮的是每月可多領三十元的薪餉，而且會隨著物價的指數，逐年調薪，長年累積，是一筆爲數可觀的金額。我會妥善運用和保管，絕不輕率地浪費一分一毫。

爲了感謝武大哥平日的教導，也讓他分享我晉任中士分隊長的喜氣，請他小酌一番是人之常情，過於吝嗇是小氣，不是節儉。我們約好星期六在飲食部晚餐。然而，午後的天空卻烏雲密佈，淅瀝淅瀝地下起雨來了；連下好幾個鐘頭，似乎沒有停的意思。我們哥倆依然前來，只是飲食部裡面，沒有上次來時那麼地熱絡，當然與這場雨有絕對的關連。

「嗨！武大哥，好久不見。」米粉嫂仔看見我們，高興地叫著，「還有汝，金門兮安薯兄。」

「米粉嫂仔，真久無見面啦，汝好！」我禮貌地向她點點頭。

「我直直想，是唔是阮煮兮菜無合汝兮口味，無愛來啦。」

「唔是啦，我沒吃點心兮習慣，無代誌歹勢來看汝，乎人講閒話，著無意思囉！」

她點點頭，笑笑。或許認爲我言之有理吧。

「武大哥，這邊坐。」她引導著我們，在一張小圓桌旁停下，並爲我們拉出椅子。而後說：「吃點什麼？」

「小妹子，」武大哥含笑地對她說：「他今天升了中士、當了分隊長，今晚不但請我吃飯，也請妳一起來坐坐，妳就賞個光吧！」

「真兮！」她訝異而興奮地伸出手說：「恭喜，恭喜、恭喜汝，安薯兄。」

我不加思索地握緊她的手說：

「多謝，多謝，多謝汝，米粉嫂仔。」

久久，我似乎忘了要把她的手鬆開。我好想永恆地把她握住，緊緊地、永不鬆開地把她握住，而且還要抓住她的心呢！我竟那麼地「袂見笑」想起這種事。我趕緊把她的手鬆開；而此刻的鬆開，是否表示以後要把她握得更緊。我怎麼又想到這種「袂見笑」的事！

武大哥對烏梅酒好像情有獨鍾，他告訴我，老家有一種酒，類似烏梅，甜而可口，但飲多了，照樣醉人；或許，飲下烏梅酒讓他想起家，除了爹娘，還有新婚的娘子。如今，來到臺灣已經十餘年了，音信杳如黃鶴，一天盼望一天，時時夢想著要反攻回去，而故鄉卻在遙遠處。這或許是他多喝了二杯的唯一理由吧。

米粉嫂仔真的很賞光，在我身旁坐了下來。的確，今晚的飲食部實在很冷清，難得她有一個喘氣的機會，竟陪著我們，東南西北地閒聊。我發覺她除了漂亮，也很健談，酒量也比我好；談久了，才深深地感覺到，我樣樣不如她。如果說比她行的，就是我的中士軍階和分隊長的職務，其他一切，我必須向她學習和討教。

「米粉嫂仔，⋯⋯」我還沒說完。

「等一下，等一下。」她搖著手，「我姓孫，名美鳳。汝以後叫我美鳳，嘜閣叫米粉嫂仔，知影嘸！」

「知啦，知影啦！米粉嫂仔是『三八兵仔』叫兮，我以後唔敢叫啦！」

「知就好，有聽話，以後才會疼汝。」她說著，說著，自己卻摀著嘴笑了起來。

「美鳳仔，汝兮口氣親像阮大姊一樣，真敢死喔！」我指著她笑著說。

武大哥也聽得哈哈大笑。

「妹子阿，」武大哥喚著她，輕聲地說：「向妳老爸請個假，叫安薯哥請妳看場電影。」

「武大哥，不是我不願意，外面下大雨呢。」

我傻傻地笑笑，不敢說什麼，必須爲自己預留一個下臺階；反正是他們一唱一和，成與不成，我除了臉紅，不必負任何的責任。當然，我砰砰跳動的內心，是非常地感激武大哥，爲我製造這個想又不敢夢想的機會。畢竟，他走過人生歲月的青春期，能理解一位年輕人的心理，更能深入了解年輕人心想而說不出口的話題。

「這點雨算什麼？」武大哥說，「風雨生信心嘛，難道安薯哥會讓妳淋雨？」

她看看我，靦腆地笑笑，而後大聲地對我說：

「黃志明，汝敢請我看電影？」

霎時，我的雙頰一陣滾燙，風雨並沒有讓我生信心，我有些膽怯。膽怯讓我不知所措，不知如何來應對。

「敢，當然敢！」久久，我終於說出了這句話。

「好氣魄，」她豎起了姆指，「經過戰爭兮金門少年，讚，蓋勇敢！」她說完，即刻站起身，「汝稍等一下，我換衫馬上來，」又轉頭向他，「武大哥，你可不能先蹓，我請你們二位看電影。」

「老弟，」武大哥站起身，「美鳳是一個漂亮乖巧的好女孩。當機會來臨時，你要把握住，不要失去一個美好的機會。」他移動著腳步，「我先走了。」

「你真的要走？」我緊張地。

「今天升官的是你，又不是我。」

我無言地笑著，目睹他的背影，消失在雨中的長廊盡頭。

她的腳步像春燕般輕盈地走來。

「武大哥呢？」她東張西望，而後柔聲地問。

「先走了。」我答。

「即个老仙角，」她笑著，「變啥米齣頭？」

然而，武大哥變的是什麼齣頭，我們彼此的心裡有數，他不是變齣頭，也非耍花招，而是爲我們製造機會。

她不僅換上一襲簇新的衣裳，也化了淡妝；襯托出她清麗的容顏、端莊的氣質。我很高興能和她走在一起，但不知該靠近她的左邊還是右邊，該爲她撐傘，還是躲在她的傘下。我竟然一點概念也沒有，也沒有一絲兒主見。在這男女即將互放的電波裡，彷彿是一個傻瓜，毋寧說是一個白癡還恰當。

步下長廊的臺階，她撐起花傘，交給我。右手輕輕地挽著我的左手臂。我內心的發電機組已啓動，電波已在我的體內流竄。一股淡淡的幽香，一陣陣清爽的髮香，我陶醉、我沉醉在異鄉的雨夜裡。

「汝做兵，做幾冬啦？」她輕聲地問。

「從新兵訓練中心、裝甲學校算起，已經三年外。」

「父母攏在金門？」

「攏過身啦。春我佮一个小妹，伊在高雄讀冊。」

「歹勢，歹勢。我問相最啦。」

「袂啦，世間有生嘛有死，攏是正常兮代誌，只怪我家己兮命運歹，無父閣無母。」

「嘜講傷心話啦，今仔日我真歡喜佮汝逗陣做朋友。」

「阮心肝內嘛真歡喜，人佮人逗陣，是緣份，唔是用強用迫兮。」

「著，人佮人做伙，愛實實在在，唔通彎彎空空。我唔是一个見人好兮查某囝仔。」

「我知影啦。武大哥經常歐佬汝，講汝乖閣水，純情閣骨力，對人客氣有禮貌，將來啥米人娶到汝，是福氣啦！」

「武大哥過獎啦，其實人會隨環境改變，有人變好，有人變歹；有時話唔通講相早，到時那變成一个赤查某，啥人娶到阮，註定歹命一世人。」

「人那呆，看面著知，親像汝這款純情閣有禮路兮查某囝仔，無可能會變歹。」

「真歹講喔！」

談著，談著，不自覺地已走出了大門口。我輕輕扶著她的手，上了三輪車。雨勢依然猛烈，車伕放下擋雨的帆布簾，我們同坐在漆黑的車廂裡，不太寬闊的坐位，讓我們青春火熱的身軀時有碰撞的機會，我情不自禁地把手輕輕地放在她的手背上，她沒有拒絕，反而翻過手心讓我握住，讓我緊緊地握住。我看不見自己的臉是否微紅，只感到它的熾熱、只感到一顆如火的心，砰砰地在跳動，而就在那短短的一瞬間，三輪車已停在戲院門口，車伕掀開布簾，也終止我們美好的行程。

我付了車資，搶先到售票處，獨家放映、別無分號的電影院，讓我們沒有選擇的餘地。我們觀賞的是戽斗和矮仔財主演的《王哥柳哥過新年》，這部爆笑的臺語片，似乎不能打動我們的心，也不能讓我們全神貫注來欣賞。唯一的是她微偏的頭，讓我感到窩心，讓我再次地心醉在那份難以言喻的少女幽香，以及淡淡的髮香。中間的扶手，有我們手心與手背的重疊，椅下有我們雙腿相互的碰觸，這是一個多麼美好的時刻，但願戽斗和矮仔財有過不完的新年，讓這齣戲能繼續演下去，直到地老天荒……………。

第十四章

她緊緊地抱住我不放
我更沒有起身的意願
我們繾綣　永不後悔
我們失去　也同時獲得
這是一個多麼美的月夜啊
…………

逐漸地，我與美鳳已成爲很好的朋友。

這件事能順利地進展，是武大哥爲我們創造的機會。因此，凡事我總得向他報告報告，他也爲我出了不少的力氣和點子。

米粉嫂仔乎人杷去囉！

經常在飲食部消費的學員和幹部們，幾乎人人知道米粉嫂仔已是名花有主；然而，並不影響她的生意。依然是門庭若市，生意興隆。「燒燙燙」、「香供供」兮米粉，依然令人垂涎、依然人人叫好，或許米粉嫂仔的體香再怎麼香，遠不如真正的米粉香，因爲真正的米粉香，人人能吃得到、能聞得到，唯有她的體香，只有我嚐到、聞到。

「那是等到武大哥兮生日再見面，那是等待你升了上士再相逢，安薯兄仔，啥米攏相晚啦。知影嘸？」

她的提醒給了我很多的信心和希望。然我並沒有在她忙碌時，做一隻纏人的哈叭狗、一條人人欲誅之的跟屁蟲。在武大哥的鼓勵下，我在閒暇時或假日，走進熱氣騰騰、油煙瀰漫的廚房，幫忙洗碗盤、剖蔥洗菜、掃地清水溝，這些事做來駕輕就熟，我非常感謝死去的阿母，如果沒有她以「苦毒」代替「調教」，我學不到這套現在可派上用場的本事。孫伯伯、孫伯母對我更是另眼相待。說來也好笑，我堂堂陸軍裝甲兵中士分隊長，在這裡洗碗盤、清水溝。然而，我做得心甘情願、無怨無悔，也感動了美鳳的心，愛的電流正式由我們體內，併發出熾熱的火花。

孫伯伯是少校副營長退役，他的慈祥替代了威嚴。雖然與孫伯母的年紀相差很多，但他們相親相愛、相互包容，除了美鳳，還有一個讀初中的弟弟。雖是老夫少妻，但卻營造出一個幸福的家庭。看到這幅情景，童時的遭遇、不幸的家庭，都一幕幕地掠過我的腦際，都一遍遍地在我內心裡激盪。

我在他們家中，逗留最久的是在周末能外宿時，飲食部打烊後，他們會回到離學校不遠的住家。我儼若他們家中的一分子，也跟著回來。孫伯母會煮點稀飯，炒幾樣小菜，讓孫伯伯小酌一番，她的面面俱倒，讓少小離家、老了還回不了的孫伯伯倍感窩心。如果時勢不變，孫伯伯在臺灣長眠的機率遠勝反攻大陸，這也是他酒後常嘆氣的主要原因。

他的酒興與武大哥不同。武大哥喜歡甜甜的烏梅酒，而且是一杯三二口，就清潔溜溜啦；孫伯伯喜歡高粱酒的醇香，而且是淺嚐細品，往往是輕輕地啜上一小口，含在嘴裡久久才吞下，而後微微地吐出一口氣。起初，看到如此飲法，內心實在有一股難以言喻的滋味，久了、才深深體會到他老人家是——

嘴中含著酒

心想故鄉事

他直言不諱地說是糊裡糊塗地跟著來的。與武大哥被騙上船，有異曲同工之趣。當然，許許多多較敏感的話題，我們都盡量地不談起、不涉及，這畢竟是一個不一樣的年代；酒喝多了，喝醉了，總有清醒時，話說多了，說偏了，隨時有牢獄之災。白色恐佈與身邊的落彈，同樣讓人粉身碎骨、膽顫心驚。我們都同感：這是一個非常時期，整軍經武是爲了反攻大陸，謹言慎行是防止敵人的滲透，它也是政治課最後的結論。

那晚，我們圍在一張小圓桌，彷彿是吃團圓飯般地，熱鬧滾滾、孫伯伯多喝了二杯，我們也盡了興，而正當孫伯母先回房休息，美鳳去洗澡時，他卻悄悄地告訴我：他是在回鄉無望的狀況下，在即將退伍的時候，經人介紹入贅孫家。那時，美鳳的父親剛去世不久，母親擺了一個小小的米粉攤，想不到背叛祖宗，改了姓後，卻換來後半生的幸福。人生的際遇，實在讓人難以預料。孩子們跟著他，即不愁吃、也不愁穿，爲他們蓋的這幢房子，雖不華麗，卻也能遮風蔽雨……

……。

「孫伯伯，」我輕聲地，「那你本姓……」

「王，王孫的王。」沒待我說完，他逕自地說。

「你在老家娶過親嗎？」

「我的大女兒比美鳳她媽小三歲。」

「一切都怪這場戰爭，讓人妻離子散、家破人亡。」

「落葉既然不能歸根，就任它到處飄揚吧！」他感傷地說。「不過，我倒要提醒你，志明，這片土地並沒有我們的腳烙印。我已年老，你卻力壯，有一天，你必須帶著美鳳，回到你的家鄉。」

「是的，孫伯伯，人從那裡來，必須回歸到來時地。雖然它曾經讓我傷心失望，但，畢竟是我的家鄉，我沒有遺棄它的權利。」

「不錯，在小時候，你曾經吃盡了苦頭，但此刻你卻已經長大，心存的不該是童時的夢魘、戰爭的可怖；雖然，你在這片土地上已找到愛，也重溫家的溫馨。可是，孩子，人，貴在不忘本。你的家，雖然必須重整；但比我有家歸不得，要強多囉。尤其在軍中，一位士官的發展潛力更是有限。我走遍大江南北、剿匪打游擊，吃足苦頭，戰功無數，幾句牢騷話，竟被一萬四千八給打發走了；我能無怨，我能無恨！因此，我只冀求在這塊土地上有一個家，改了名，換了姓，也在所不惜。孩子，你是幸福的；因爲你年輕，你的前途是在家鄉，而不在軍中；是在海的那一邊，而不是我們腳踏的土地上。」

我點著頭，不停地點著頭。一股思鄉的情愁，也油然而生。孫伯伯又爲我斟上了一杯酒。我一口飲下，飲下一杯思鄉酒。

美鳳回到大廳，孫伯伯卻走回房裡。窗外的月兒高高掛，洩滿一地的銀光。她穿著紅花白底的睡衣，緊緊地裹著一個美麗而豐滿的胴體。我的目光不停地在她身上巡視著；從頭到腳、由上而下，從紅柿般的小臉、菱形的唇角、高挺的鼻樑、彎彎的眉毛、烏黑的眼珠；而後，我夢想著睡衣裡，二顆隨著呼吸而起伏的紅蘋果、終於，酒精燃起我心中的青春慾火，我們牽手走進她的小房裡，輕輕地掩上房門，緊緊地閂牢，赤裸的身軀重疊在單人床上，我們繾綣纏綿，纏綿繾綣，床板微微的震動，美鳳急促的氣喘，我的慾火已燒熔了她的童貞。她緊緊地抱住我不放，我更沒有起身的意願。

我們繾綣，永不後悔。

我們失去，也同時獲得。

這是一個多麼美麗的月夜啊！

……………………

醒來時，我依然感到激情過後的歡怡，挺在我胸前的，是一對熟透了的紅蘋果。我用手輕輕地撥動、輕輕地撫摸；我用舌輕輕地吮吸。

「阿明，」她緊緊地抱住我，「我將歸身軀攏乎汝啦，汝唔通變心，知嘸！」

「美鳳，這是我人生兮第一遍，咱二人已經捏最一个，我袂變心，永遠愛汝」

一人，永永遠遠愛汝一人！」

「阿明，我嘛愛汝，我嘛愛汝。我等即个時刻，已經等真久啦。」

「已經半暝啦，美鳳，我看我應該回到宿舍睏，即項代誌那乎阿伯阿姆知影，會罵死！」

「免驚啦，阿爸阿母對汝兮疼惜是無話倘講，咱二人結婚是早晚兮代誌。免驚啦，我唔放汝走，我唔放汝走！」她把我抱得緊緊的，又不停地在我的臉上狂吻著。

「美鳳，我兮小寶貝，」我俯在她耳旁，低聲說，「我唔走，要將汝攬條條，佮汝睏歸暝，做馬乎汝騎。只要汝歡喜。」

她輕輕地鬆開手，撫摸我的頭，舔著我的唇，吻著我的臉，也重新點燃我們青春的慾火。於是，熊熊的火焰在夜中燃燒，燒紅了二顆純潔的心靈，燒紅了夜的寧靜、燒紅了原本青澀的愛……………………。

第十五章

我數度婉拒長官要我留營的美意
如果社會上沒有我的立足處
如果我被摒棄在歸鄉的大門外
我無憾　無悔　亦無恨
……

歷經那夜的纏綿，我們的付出是無怨無悔的深情。如依傳統的道德來衡量，我們的行爲已逾越了它的指標、違背了傳統道德；但我們內心裡依然有一股尚未熄滅的青春火焰燃燒著，永永遠遠不會冷卻、永永遠遠不會冰凝。

我們的深情。

我們的親密。

我們的纏綿。

我們的激愛。

孫伯伯孫伯母都是視而不見，從未橫加阻撓。或許我們是人間最幸福的一對，我們的愛已受到他們的鼓勵和認同；步上紅毯已近在眼前，我將在異鄉組織一個甜蜜幸福的小家庭。然而，我此刻身處的卻是在「從軍報國」的行列中，種種的規定和法令，逼迫我在人生的十字路口上，做最後的掙扎和選擇。

「我舉雙手贊成你期滿退伍。」孫伯伯理直氣壯地，「一個小小的士官，除了他不想成家、不想生兒育女、不想自己開創一番事業，只想混日子等反攻大陸，才待得下去。依你的勤奮和幹勁，無論在社會上從事那門子行業，只有成功，不會失敗；更讓人羨慕的是『年輕』，它是你邁向人生另一座高峰的最大本錢！」他微嘆了一口氣，「想當年，我放棄學業，滿腔從軍報國的熱血，跟著南征北伐，喊著殺敵滅匪，立過多少功，得過多少勳章；如今，歲月奪走我的青春，故鄉離我愈來愈遠，滿腔的熱血已在內心裡冰凝，反攻大陸的口號在腦海裡，幻化成一道美麗的彩虹；我的一生，被無知和理想所擊敗。孩子，我是過來人，理想與現實總是有一段差距的，我期望美鳳有一個好的歸宿，也期望你退伍，重新規畫新的未來，建立一個幸福美滿的家庭、開創一番事業。」

「孫伯伯，謝謝您的開導和期許，雖然我在軍中獲得許多寶貴的經驗和知識，也在它的懷抱裡成長和茁壯；但國與家依然在我心裡充滿著矛盾。政治課本裡一些不實際的教條，與軍中一些不成文的陋規，往往讓人產生一種非理性的排斥感。從小，我在一個不幸的家庭中成長，長大後，更渴望一個溫馨的家，因而我與您有志一同，決定選擇退伍。但退伍並非代表著我們不愛國，在社會上盡一己之力，也是報國；並非要『從軍』才能『報國』。孫伯伯，您說對嗎？」

「對，對，對！」他興奮地，「你的想法，比當初的我，簡直成熟得太多了。」他頓了一下，而後又說：「試想一個中士，一個月百來元的薪餉，能養活一個家？如果有不良的煙酒嗜好，更是入不敷出呀，別想要養家活口了。」

「我嘛贊成汝退伍，」美鳳也認真地說，「爸爸媽媽攏愛歇困啦，以後生意換咱來做，相信……」

「相信以後兮生意，米粉嫂仔會贏過米粉婆仔。」沒等她說完，我搶著說。

「三八兵！」她白了我一眼。

兩位老人家也樂得哈哈大笑。

「時機兮變化真歹講，」孫伯母幽幽地說，「福利社唔是咱長久經營兮所在。恁攏少年，目睭愛看遠，跤愛踏實地，將來唔驚無飯呷。」

「阿明呀，」孫伯伯叫著我，「坦白說，金門已日見清平了，臺灣並不是你們的久留之地。一旦結了婚，有了經濟基礎，我還是希望你帶著美鳳，回到自己的家鄉，用你們的雙手重建家園，用你們的雙手，在自己的土地上開創基業，唯有如此，才對得起歷經苦難的老祖宗。」

「非常謝謝您再次地提醒：雖然苦難的時代，不幸的家庭，讓我近鄉情怯，但我始終沒有忘記，從什麼地方來，必須回歸到那片土地的心志。」我說完，又轉向美鳳，「那是有彼日，美鳳仔，汝願意參我回金門！」

「安心啦，阿明，俗語話講：嫁雞隨雞，嫁狗隨狗。嫁汝即个三八兵，當然嘛愛隨汝回金門。」她笑著說。

「按呢尚好，」我笑著，「將來咱在金門開一間《米粉嫂仔小吃店》，汝做頭家，我做頭家兮老公，好嘸？」

「好，好，當然好。三八兵愛講三八話，嫁汝即兮安薯尪，唔知幸還是不幸？」

「當然嘛是幸。汝袂記兮武大哥講過『安薯哥配米粉嫂』真合無比！」

「講笑歸講笑，結婚以後唔通變款，愛相親相愛，互相疼惜；唔通相罵，互相體諒，快快樂樂、平平安安過日子。人生才會有意義。」孫伯母聲音低低而認真地叮嚀著。

「阿姆，汝放心啦，阮二个唔是三歲囝仔，是真心相愛，唔是搬囝仔戲。退伍結婚後，我會閣卡打拼，乎美鳳仔過幸福快樂兮好日子，也會友孝恁二个老大人。」我回應她說。

「雖然話說早了惹人厭，但幾個月軍旅生涯很快就會結束。新的未來也將是你接受挑戰的開始，多接納別人的意見，並不會矮化自己，反而盲目地一意孤行，是邁向成功的致命傷、絆腳石。孩子，老人言，父母心，希望你們牢記在心頭。」孫伯伯感慨地說。

我們都同時地點點頭，也點出我此刻的茫然。雖然我慶幸要退伍了、要結婚了；但未來對我來說，依然是一條無盡頭的大道。我的智慧、我的耐力、我的知識是否能通過考驗，逐步邁進，還是停滯在原地，徘徊在人生路途的十字路口，期望著善心人士的施捨、等待著旁人來接引、來扶持。

雖然長官再三地挽留，並承諾讓我佔上士軍械士的職缺，同時也語帶警告地：社會並非如想像中的美好，無錢、無財、無技、無勢更難立足；何不在軍中，盡一已之力，替國家做點事，軍中的溫暖，人人皆知，社會的冷漠，處處可見。長官要我慎重考慮，三思而行。然而，我堅決的意志，毋須再三思，成敗亦自己負責。

武大哥說：「如果你的思想還停留在當初『從軍報國』的思維裡，老弟，你就不必退，留下來吃公家、穿公家，每月還有薪餉可領，更可『報效國家』。但這條路是狹窄的，絕對不會比其他路途更寬廣。當初我懷抱著希望一路走來，在轉瞬間，已到了盡頭。家，歸不得；前途，已無亮。到後來，只能在這個美其名的大家庭中原地踏步，其他的，我又得到了什麼，獲得了什麼？如果說有，那便是——

兩鬢雪霜

滿臉溝渠

一顆蒼老的心……………。」

「武大哥，坦白說，這幾年的軍旅生涯，唯一讓我豐收的是認識了你。無論學識、為人處事，都蒙你不厭其煩地教悔。甚至也因你而認識米粉嫂仔；你的邊鼓更敲響了我們的喜訊。或許有一天，我要把她帶回金門。」我說。

「志明，咱們哥倆不必客套，的確，你已經長大了。知道人生的方向該怎麼走。你的家鄉雖然被無情的砲火摧殘和蹂躪，父母亦已雙亡，但人的感情，並非來自一個完美的家園，你在那片土地，從小就已衍生出一份無可取代的鄉土情懷。你的想法讓我感動，希望有一天，我能到金門找你，好讓我站在太武山頭，遙望歸不得的故鄉……。」他說著說著，卻紅了眼眶。

從孫伯伯與武大哥的言談中，一個有家歸不得的人，他內心裡是多麼地悲淒和無奈。當然，我們清楚，我們明白，是國共對峙引爆的戰爭，而禍首是誰？該歸罪於單方或雙方，兩岸史學家的定論，也是站在二個不同的極端，各說各話，各彈各的曲調，身爲百姓、身爲極權下的順民，無聲勝有聲，並不代表著我們的無知和愚蠢；往往它能保身、保命，又保平安！

我雖滿意自己的抉擇和計劃，但往往有許多事並非如我們想像的那麼簡單：層層長官的約談和勸說，在他們眼中，或許一位優秀的領導幹部，不是三年五載可養成，未來的繼任者，無論在通識或專業的領域，不一定能與他們的理念相吻合，也不一定能達到他們的要求。因此，能勸說年輕的老幹部留下，雖不能說是爲國舉才，但至少養兵千日，天天可用，不必再浪費國家的資源來培訓。況且，老幹部爲老長官賣命，也是應該的。只是，有時落得有功無賞，打破要賠的不幸局面。長官自身己難保，夢想在他庇蔭下求生存。基此，我數度婉拒長官要我留營的美意；如果社會上沒有我的立足處，如果我被摒棄在歸鄉的大門外，我無憾、無悔、亦無恨…………。

第十六章

黑夜已逐漸走向光明
迎我的必將是一地燦爛的金光
我將乘著希望的翅膀
越過高山和大海
向星光斑爛處飛翔
……

終於我退伍了。

五年八個月的役期，獲得四千五百元的退伍金以及五百元的服裝代金。我不清楚財務單位的計算方式，反正國家是不會「虧待」一位即將解甲的陸軍中士。這筆錢也是我此生見過拿過的最大數目；然而，我並沒有太大的興奮。一旦要離開這個袍澤情深的大家庭，才深感前途的茫然。

那晚，隊上在餐廳加菜歡送我。克難的桌上，擺滿了炊事班長拿手的佳餚，「紅燒獅子頭」、「梅干扣肉」，還有一條不太新鮮的「炸彈魚」。同桌的都是隊上的長官和領導幹部，還有武大哥，我們飲下好幾瓶「米酒」。

「老弟，」隊長有點微醺，「你是隊長最得力的助手，隊長實在有滿懷的不捨讓你退伍，如果不能適應外面的環境，歡迎你再回來。」

當然，我知道，「軍中處處有溫暖」，這不是口號，也非教條；是在我飲下酒、是在離愁上心頭時的感受。我強忍下欲滴的淚水，以酒來回應長官關懷的心意。我深知，外面的世界滿佈著陷阱；但在軍中，相對的，亦有不少同袍在陷阱裡呼喚。二個不同的體制，衍生的問題，相差無幾：高手段的壓抑，反叛的心愈強烈。人，貴在相互尊重、相互扶持，不是以職權、以惡勢力來炫耀自己的權力。在一個霸權的體制內，認識愈多、瞭解愈廣，愈感到寒心；想離開的腳步愈感急迫。只是，我此刻面對的是朝夕相處、情同手足的革命兄弟，與其他事件不能混爲一談。

酒精燃燒著我們的革命情感，勉勵與期許，相互交加。武大哥關愛的眼神，平日的諄諄教誨，讓我每一條神經都充滿著感激，讓我每一個細胞都充滿著希望。

「來，老弟，」武大哥舉起杯，「今日痛飲退伍酒，明日再參加你與米粉嫂仔的結婚宴。乾啦！」他一飲而盡，用手抹了一下唇角。雖然我已不勝酒力，頭有些昏，有些不聽指揮地晃動著，然我卻不能不飲下這杯盈滿著兄弟情誼的美酒。如果醉在這個革命的大家庭中，似乎也是值得的；因爲以後已沒有機會了。

「報告分隊長，」張助教未說先笑，「坦白說，你有沒有帶米粉嫂仔上過戰車？」

「隊長在這裡。」我看看隊長，直指著他，「那是不能開玩笑的，戰車基地是軍事重地，我怎麼敢把她帶上車。」

「全隊官兵都感覺到，你絕對有帶米粉嫂仔上車的不良記錄。」何助教說。

他們時而正經，時而哈哈大笑，更讓我感到莫名其妙。

「再亂講，讓我退不了伍，你們兩個要倒大霉！」我疾聲地指著他倆說。

「報告分隊長，據情報顯示，米粉嫂仔的腰圍已變粗了，既然已上車，如不趕快補票，那是要記大過處分的，請分隊長三思。」張助教又說。

滿堂的爆笑聲，相互拍打的吵鬧聲，再如此下去，鐵定要把這組克難的桌椅壓垮。

「諸位同志，」我裝著鎮定地，「據醫務室檢驗報告指出，本中士分隊長到今天為止，依然是處男屬實。以下空白。」

大家更是笑彎了腰。

不錯，革命家庭有嚴肅的一面，亦有輕鬆的一面。今晚是我在此地最後的一宿。明日太陽東昇時，我將提著簡單的行囊，揮手向他們道別。陸軍中士將成為歷史，我也無權要調皮的小兵立正站好；反而日後他們上飲食部消費，我要向他們哈腰鞠躬又道謝，這或許是所謂向現實低頭吧；少校副營長退伍的孫伯伯都須如此，我一個退伍中士又算什麼？只要他們記得我，猶如記住米粉嫂仔美麗的容顏、端莊婉約的姿色一樣。但我實在不希望他們看到米粉嫂仔的腰圍變粗了，她是我心中永恆的處女。我們只不過是相互繾綣纏綿在一起，只不過是裸露著身軀重疊在一張小小的單人床上，暫時的歡怡讓我們遺忘了傳統的道德，逾越應守的分寸，高標的道德準則，讓我們的心靈倍感沈重。我們只是做自己喜歡、自己負責的事，那有先上車，又何須補票！

我正式領教米酒的厲害：它讓我嘔吐，也讓我頭痛；它在我胃裡翻攪，也在我肚裡打轉。想不到中士最後的一夜，竟是如此地狼狽。

「報告分隊長，」何助教故意地消遣我，「明天是開戰車送你回去，還是請米粉嫂仔揹你回家！」

「何助教，」我的頭搖晃而低垂，「你給我立—正—站—好！」我痛苦地說完，又「嘔」的一聲，吐了滿滿的一大口。

我已不能動彈地躺在床上，也不能像武大哥醉時喊著：我的媽啊！因為我已沒有了媽，也沒有了娘。人是否在他最痛苦的時候，才會想到親人，如果是這樣，我唯一想的只有妹妹阿雅了。我的退伍，也是她高中畢業時，她再三地婉拒用我的退伍金讀大學。而是選擇白天工作，晚上讀書的夜大。那幾仟元退伍金是我創業基金和「某本」。她的面面俱倒，讓我心生感動，無父無母的孩子，她們的思想是否較早熟，是否較懂事，時間會給我們答案；兄妹之情必能歷經考驗，何日再攜手同步歸鄉路………………。

第二天酒醒後，我勢必要離開這裡，想多待一晚，依法已不能。我將暫時在孫家落腳，但也必須付出更多的代價，才免於被現實摒棄。憑著雙手獲取報酬，而非博取同情、接受施捨，這些粗淺之道，更能突顯出自身的格調；人無格，猶如浮萍之無根，隨波逐流，任由歲月侵蝕和摧殘，這是何等的悲哀呀！

依目前的狀況，我與美鳳的婚事，應不會受到外來因素的阻撓：孫伯伯孫伯母待我如自已的子嗣，我們的感情也升溫到了沸點。喜事是近在眼前，絕不會遠到天邊。如果不退伍，這樁婚事不知須待何年：軍中有許多單行法規，一個小小的中士，必須受到年資的限制，不是你想昏了頭，就允許你結婚；一旦符合條件，必須再填具「軍人婚姻報告表」、「軍人婚姻輔導表」、「軍人婚姻調查表」、，接受上級的輔導，接受安全單位的調查，一道一道的關卡，讓你慢慢等待，讓你想「某」想昏了頭，到最後能不能核准，尚是未知數。就任由你們去「亂愛」吧。身在軍中，亦由不得你私訂鴛盟，亂搞男女關係，時時刻刻更要注意匪諜就在你身邊。因而，我毅然地退伍。退伍後，不必經過申請，也毋須安全單位調查，很快就能與美鳳結婚。它換取我人身的自由，是否能帶給我光明的前途、美麗幸福的人生，那必須再歷經一段艱辛苦楚的歲月。我也願意承受心靈與肉體的雙重苦難，奮勇邁向未來，開創一條屬於我們的康莊大道。這不知是否我酒後的思維，想，比做容易多了。當我酒醒後，一道道的難題，一樁樁不如意的事，將逐一地呈現在我面前，讓我無以面對、讓我必須回歸幼稚的童年，一切重新開始，重頭來過。學習與思考並進，許我們一個只有歡樂沒有悲傷的新世界。然而，能嗎？往往我們所思，與現實的環境，相差著好長的一段距離。既然明日將離去，必須面對一個新的世界，過多的思索，卻有同等的煩惱，怎不教我流下一滴悲涼的淚水……。

如果真因酒醉而起不了身，美鳳她會來扶我回家去？不，無論如何，我都得提起精神，我畢竟是受過正規軍事教育的陸軍裝甲兵中士，雖然解甲，但卻不能失態：抬頭、挺胸、雄壯、威武是革命軍的軍魂。怎能像一隻病貓，無精打采地走在回家的路上。

夜已深了，窗外是一輪明月。月光照在寂靜的營房，卻穿不透我此刻落寞的心靈，今日的別離，明日將淪爲此地的陌生客。黑夜已逐漸走向光明，迎我的必將是一地燦爛的金光。我將乘著希望的翅膀，越過高山和大海，向星光斑斕處飛翔……………。

第十七章

我們希冀的是：：
夜夜都是我們心靈中最美
最值得珍惜的春宵
因爲我們的愛
並非只那短暫的一刻
而是永恆不變的深情：：：：

拋棄童時的回顧和記憶，「從軍」與「退伍」，都是我人生歲月裡的一大轉捩點。雖然我很幸運，不必爲三餐在外奔波，也不必爲工作而看人臉色。孫家讓我體會到家的溫暖，但我並沒有因此而對工作有所鬆動；對二位老人家更侍之以禮以孝，分擔了他們大部分粗重的工作，同時也向二老討教、學習烹飪的本事。我沒有忘記在家鄉常聽長輩說：

「賜子千金，不如教子一藝。」

或許不管我們學的是那一行業，只要專精，必然能在這個社會立足，而父母留下再多的錢財，總有花完的一天。因而，我不敢有所怠慢，時時記住自己的身份；誠然，不久即將成爲他們的半子，但我的工作態度、學習精神，除了博得他們的歡心和讚賞外，也相對地獲得美鳳更多的愛。

「我早著講過，我兮目睭尙金，絕對袂看唔著人。」每次她在父母面前，總是很自豪地說，當然也給了我一些迷湯。

「查某囝仔，目睭金，才袂呷虧。」孫伯母笑著說。

「阿明仔，」孫伯伯面對我，「你年輕，記性好，學得快又勤勞，學會了這一套，將來回金門，養家活口絕對不會有問題。雖然是滿身油污的小本生意，但利潤卻不差，只要安安分分、好好經營，你重整家園的美夢，不久即可實現。」

「謝謝您，孫伯伯。但願我的夢想能成真。」我由衷地說，「原以爲只能以軍爲家，想不到童時失去的，此時卻全部獲得：我不但擁有一個溫馨的家，也沐浴在雙親慈愛的春暉裡，美鳳的愛更讓我體驗出人生的另一層意義。因而，我非常珍惜現在，也會好好地把握住將來。」

「阮二个老兮已經參詳好啦，」孫伯母說著，一絲喜悅的微笑掠過唇角，「今年入冬著會乎恁二个結婚。」

「真兮？」美鳳雀躍地，興奮地靠近她身邊，握住她的手。

「查某囝仔，真袂見笑喔。」孫伯母笑著，用手輕擰了她一下臉頰。「看汝歡喜即樣，將來嫁尫了後，唔通將父母放袂記耶，知影嘸？」

「知啦，阿母，阮袂彼呢無良心。汝看阿明，伊嘛將恁當做家己兮父母，來款代、來友孝。」

「阿母參汝講笑啦。」她笑著輕輕地拍拍她的手，「汝好好想看嘜，愛啥米嫁妝，阮攏會買乎汝。」

「唔免啦，阿母。汝將我飼大漢，父母兮恩情還未報，我袂使閤開嘴討嫁妝。」

「美鳳，」孫伯伯笑著，「那不叫討，我與妳媽早就想過，這幾年來，妳對這個家的貢獻可說不小，小吃部有妳這位人見人愛的米粉嫂，不知多做了多少生意，不知多賺了多少錢，如果光憑我這個米粉公帶著米粉婆，那些小兵一看就討厭，不跑得精光才怪！」

「爸，怎麼您也說人家是米粉嫂仔，」她嗰嗔地說。

「米粉嫂這三個字，可比裝校校長的名氣還響亮，也打響了咱們家賣米粉的知名度。妳算算，一包米粉多少錢，一斤榨菜多少錢，肉與榨菜切成絲，可以煮成幾碗『肉絲榨菜米粉湯』。我們一碗又賣多少錢？坦白說，這幾年來，我們是靠賣米粉賺錢的，妳這個米粉嫂功不可沒啊！」

「如果有一天，我與志明回金門，那怎麼辦？」

「孩子，我與妳媽的年紀也不小了。人不能逞強，該退就得退，該休息就得休息。況且，這幾年除了吃穿，我們沒有亂花一分一毫，銀行裡的存款，足夠我們的生活費，以及妳弟弟的教育費，果真有那麼一天，只期望你們能在自己的家鄉，用自己的雙手，開創一番事業，其他的，你們就不必牽掛了。」

「是啦，是啦。」孫伯母說，「阮攏會替家己打算，唔免乎恁操煩。俗語話講：船到橋頭自然直，時到時擔當，只要恁幸福，阮就心滿意足啦！」

孫伯伯點點頭，心有同感地點著微禿的頭，而後幽幽地說：

「時光過得很快，門外已見落葉飄零，彷彿冬天就快到了。你們的婚期就在眼前了，雖然這輩子回不了老家，但能在這塊土地上抱抱孫子，此生也無憾了。」

「孫伯伯，我能理解一位天涯遊子的心情。兩岸的對峙，或許不是短期內可解套，但必須要有耐心地等下去。」我安慰著他。

「等反攻大陸？」他中氣十足地反問我。

我笑了，不再以這個尖銳而不實際的問題來激怒他。

或許他在這塊土地上，等待這句口號的實現已很久了。然而，它畢竟只是虛擬的夢想。在他有生之年，是否能美夢成真？還是待來日神遊故國，他一直念念不忘，帶他們出來的人，曾經承諾要帶他們回去。只是歸鄉的路途愈來愈遠，歲月也逐漸地腐蝕他的身軀，人生還有幾個十年可等待？沒有人能明白，也沒有人知道，怎不教他倏然淚下。

結婚是人生大事，但對一位無依無靠、無產無業的異鄉人來說，是倍感悲哀的。我不敢有所冀求，只希望一切能從簡，但卻不能如我所願。簇新的傢俱，一件件地搬入房內，充滿著喜氣的龍鳳被褥、鴛鴦枕頭、大小細節，每一個行頭，都是孫伯伯與孫伯母親自張羅、親自打點、親自選購、親自擺設；我們倒成了一對啥事也不必管，等著入洞房的新郎和新娘。雖然，洞房對我們不再那麼神祕，但我們的心情，卻與一般人沒有兩樣，依然充滿著無限的喜悅和歡樂。

日期選定後，在舉目無親的他鄉，阿雅是我唯一的親人，雖然她遠在南部，白天上班、晚上讀書；但無論如何，她會趕來參加我們的婚禮，而且要帶著她的同學，也是同事的朋友一起來。如果我沒有猜錯，同行的一定是她的男朋友。我的內心裡也浮現出雙重的喜悅和興奮。無父無母的孩子，亦有長大的一天，我們是遇到貴人的相助，還是擁有獨立奮鬥的精神。不管是如何成長，感恩的心依然在內心裡長存：永遠不能忘記曾經幫助與鼓勵我們的親友們。

經過孫伯伯與孫伯母同意，我們選擇莊嚴隆重的公證結婚，喜宴擺設在離家不遠的《湘園餐廳》，我敦請武大哥做男方的主婚人，除了他，我深深地覺得，沒有更恰當的人選。

那天一大早，我穿上畢挺的鐵灰色西裝，打了紅色領帶，黃金打造的領帶夾、袖扣，手指上套著刻有孫美鳳三個字的金戒子，理髮師爲我吹了最流行的「烏肉麻古」髮型，抹了丹頂髮臘；鏡子裡的我，已不是一個「憨兵仔」，而是充滿著朝氣、經過砲火洗禮的「金門少年郎」。

美鳳到美容院化妝未歸，阿雅與男友的恭喜聲，卻先來到。

「阿兄，伊是我兮同學，林德清。」她爲我介紹身旁的男友。

「歡迎，歡迎。」我緊緊地握住他的手，「阿雅受汝照顧真最，非常感謝。」

「阿兄，汝唔通按呢講，」他客氣地，「阮二人互相鼓勵、互相照顧啦。其實，阿雅捌兮代誌比我卡最，冊讀比我卡好，真最所在我攏愛參伊學習。」

「林先生，汝真客氣，我家已兮小妹有幾斤重，我知影啦。」我們彼此笑成一團。

「阿兄，汝看汝，今仔日穿新兮西米羅，歸身軀新噹噹，金閃閃，緣投閣古錐，阮阿嫂目睭真金，真有福氣，才會嫁乎汝。」

「嘜歐佬啦，阿兄臉烘烘熱，唔信，汝摸看嘜。」我把臉轉到她面前，自己順手摸了一下。

她調皮地雙手搗住我的臉頰，皺著鼻子，咬著牙說：

「阿兄，汝兮臉無烘烘熱，是雙紛紅，又閣燒燙燙。」

「阿雅，汝兮嘴甜，閣勢講話，阿兄承認講輸汝。今仔日汝來恭喜阿兄娶阿嫂，阿兄也同時祝汝將來嫁好尪。」

「阿兄，汝兮祝福相早啦，等汝有囝仔叫我阿姑，再閣講嘛袂晚。」

「驚有人袂等兮啦！」

終於，我看見二抹美麗的雲彩，掠過他們的臉頰，幸福的笑靨，同時由內心裡湧起，在我面前的是一個俊男，一個美女；但願我們同時擁有一個光明燦爛的未來。

美鳳已化好了妝，首先上前恭喜的也是阿雅。

「阿嫂，恭喜汝今仔日要做新娘。明年我嘛要升級做阿姑。汝無化妝已經真水啦；化起妝來閣卡水。汝無看到，阮阿兄金金看汝，直直看汝，……」她說著說著，自己卻先笑了出來。

「阿雅，感謝汝兮歐佬，人講小姑親像娘，我唔捌兮世事真最，以後望汝：……」

「阿嫂，汝唔通按呢講，從細漢阮兄妹相依爲命，逗陣大漢，人嘛講大嫂親像母，無管我走到啥米所在，攏會聽阿兄阿嫂兮話。」

孫伯伯與孫伯母適時地走來，姑嫂相互的客套話就此打住了。

「親家，親姆。」阿雅禮貌地走向前，向他們點頭致意，「恭喜喔！」

「阿雅，真久無看著汝，大學生是愈來愈水，面肉幼綿綿，白泡泡。」孫伯母緊緊地握住她的手。

「多謝汝兮歐佬，親姆汝嘛是愈呷愈少年，一點攏袂感覺老。」

「大學生講話攏無尙款啦，聽起來乎人真歡喜，真爽快。」

阿雅又轉向孫伯伯，向他致上最高的敬意。

霎那間，喜氣洋溢在這棟屋宇的每一個角落。所有的親友也陸續到來。我們將分乘禮車，到法院的公證處，由公證人和所有的親友，爲我們的婚姻做見證。從今以後，我們將是一對合法的夫妻。喜宴過後，吹熄紅燭，我們將在新房共枕眠。無論我們赤裸重疊，激情激愛，繾綣纏綿，都是促進我們體溫上升的最大元素。我們青春的火焰，將讓體內的血液加速循環。雖然我們的初夜不在今宵，但我們心中的甜如蜜，卻從今夜更加濃郁。春宵一刻值千金，並非是我們今夜所冀求的，我們冀求的是夜夜都是我們心靈中最美、最值得珍惜的春宵。因爲我們的愛，並非只那短暫的一刻，而是永恆不變的深情。

白天的勞累，我們青春的慾火並沒有在這新婚之夜裡燃燒，激愛的火花也沒有在那一瞬間爆發。雙人床搖晃的是我們疲憊的身軀，我們只那麼輕輕地摟著、、輕輕地撫摸著、輕輕地吻著；而後，我們再也聽不到窗外的蟲鳴和鳥叫，只感到幸福與我們共枕眠⋯⋯⋯⋯。

第十八章

對於家鄉的人事物
我經常地從有限的記憶裡
不停地思索
思鄉的情懷也油然而生
讓我流下很久 很久
很久沒有流過的思鄉淚
⋯⋯

幸福甜蜜的日子，過得特別快。

幾個月的學習與磨練，無論是切、煮、炒，都能得心應手；唯一的缺點是在調味上，尚不能拿捏準確：時有過鹹，或太淡；滷味不能深入食物內。我除了請教半退休的二老外，也買了幾本食譜與美鳳相互研討，每月的營業額若不能超越以前，至少也得維持現狀，絕不能差距太大，無形中也承受著相當大的壓力，經常地在夜晚，我翻來覆去總是睡不著。

「阿明仔，」美鳳愛憐似地說，「我看汝唔是在做生意，是在拚命。」

「美鳳仔，坦白講，即擔看起來真輕，但是在我肩頭頂，親像阮戰車彼門機關槍，看起來細門，舉起來真重。」

「俗語話講，凡事起頭難。經驗嘛是一點一滴累積起來兮。阿爸阿母攏無乎咱壓力，只要咱安份盡力，其他兮免想相最，免相甘苦，知影嘸？」

「話按呢講無唔著。」我苦澀地笑笑。

「看汝翻來翻去，睏袂入眠，我心肝內嘛真甘苦。」

「汝對我兮體貼、愛參關心，我攏會永永遠遠記在心肝內。」我說著，一把摟住她的腰，在她耳際低聲地說：「美鳳仔，汝是我兮水某、好某。我愛汝，汝知嘸，知嘸！」我把她摟得緊緊地，在她的耳旁，在她的臉上、唇上猛烈地吻著，吻著，狂吻著！

「阿明仔，」她低聲地喚著我，「唔通攬相大力，卡輕耶，汝真久無即呢熱情啦。在眠床頂，汝攏睏一朌，無親像卡早給我攬條條，彼呢親蜜閣溫存。阿明仔，汝唔通變心喔。」

「唔通講三八話啦，美鳳仔，我唔是一个無良心兮人。汝知影，我即世人無交第二个查某，我愛兮是汝，疼惜兮也是汝，我那會變心，會乎雷公打死。」

「我知影汝疼我。阮心肝內嘛只有汝一人。雖然看過兮查埔人真最，但是打開我少女兮心窗是汝，給我攬兮是汝，給我唚兮是汝，乎我失去尙寶貴童貞嘛是汝。阿明仔，汝永遠在我身軀頂得第一，汝知嘸！」

「我知影，我知影。美鳳仔，我知影汝是一个純情兮查某，唔是三八阿花仔。咱兮感情絕對袂變質。汝人生兮第一遍攏乎我，我乎汝兮嘛是一粒在室男兮心。彼暝，給汝脫光光、攬條條，我在室男對著汝在室女，咱攏心甘情願，唔是強迫，咱兮感情已經親像古井彼呢深，才會做出即款親蜜兮代誌。美鳳仔，汝講有影嘸？」

「汝真三八，即項見笑代誌記條條。」

「彼暝，是咱永遠袂使忘記兮一暝。即陣想起來，我心肝內攏嘛笑咪咪，甜刺刺。」

「嘍假仙啦，閣幾年，囝仔那生落，真緊會變成老太婆啦，彼陣我唔信汝會笑咪咪。」

「安心啦，汝在我心內永遠是一个水查某。」我說著，又緊緊地把她抱住，而後慢慢地鬆開，輕輕地在她的頸上、耳旁、唇邊，一遍遍，一回回，不停地吻著，吻著：：：：：。

「阿明，真晚啦，咱來去眠床睏。」她嬌聲地說。

「美鳳仔，我抱汝來去眠床頂睏，今仔日起，我唔家己睏一盼，要攬乎汝歸身軀燒燙燙，用我兮嘴輕輕給汝唚，用我兮雙手給汝搦麦，搦乎汝歸身軀軟綿綿，輕鬆鬆。」

她微閉著眼，雙手勾住我的脖子，我一把把她抱起，緩緩地走向床邊，輕輕地把她放下，輕輕地解開她的鈕扣，一件件脫下她的衣服，呈現在我眼前的是一個美的胴體。她已由清純的少女，變成一個成熟的少婦：高挺的雙乳，雪白的肌膚，美感早已取代她的骨感。我的手輕輕地遊移在她身上的每一個角落，我的舌頭在她飽滿紅褐的乳頭上蠕動。她的嘴微張，她的頭微微地晃動，而後快速地褪去我的衣裳。我們赤裸著，摟成一團，在柔和的燈光下，纏綿繾綣……。

「阿明，咱真久無按呢啦。」她微動了一下身，喃喃地說。

「汝會想袂？」我深情地問她。

「我是人，唔是神。我是汝兮某，汝是我兮尪。尪某躺在眠床頂，心內想啥米，免講家己知。」

「美鳳仔，我唔知啦，汝兮心肝內到底想啥米？」

「汝閣假仙！」她輕輕地擰了我一下。

「想啥米，攏唔通講啦，尪某在眠床頂，無管搬啥米齣頭，家己知影著好，講出來，面會紅。」

「汝驚面紅？彼當時，咱還未結婚，汝來我兮房間，將門閂緊緊，將我攬條條，做了啥米代誌，汝攏唔驚面紅？」

「想起彼陣，實在真見笑，嘛是真有勇氣，竟然佮汝睏歸暝，咱也同時付出人生最珍貴兮初夜；即項代誌，到死我攏記在心肝內，尤其看著汝起頭彼呢痛苦，尾仔彼呢歡喜，就親像人生歲月，有苦嘛有甜。」

「人攏真奇怪，有時陣明明知影是痛苦兮，卻偏偏要試看嘜，無管後果宰樣。」

「結果試了有趣味，無給汝攬耶，睏袂去，是唔？」

「嘜七仔笑八仔，汝是比我卡興頭。」

激情過後的閒聊，讓我們消除了原有的疲勞，而美鳳的深情，是否能解除我日常工作上的精神壓力？有時想想，一切過錯都不在他人，而是自尋煩惱，自找苦吃。他們並沒有規定我一天要做多少生意，要收入多少錢，或許是過多的關懷，讓我身心不能平衡，壓力倍感沈重。

迄今，我依然以家鄉的傳統稱呼，尊稱孫伯伯爲「伯仔」，孫伯母爲「姆仔」，沒有以「爸」、「媽」來喚他們；並非我無禮，而是感到生我、育我的喚「阿爸」、叫「阿娘」，岳父岳母喚「伯仔」、叫「姆仔」較有區分。兒、媳，女婿，亦不會讓外人混淆不清，對於我的解釋，他們不但接受，也十分認同。倘若夫妻在岳家一起喊爸媽，有時還得花費一番口舌向人解釋。

他是我女婿，不是我兒子。

她是我女兒，不是我媳婦。

對於家鄉的人事物，我經常地從有限的記憶裡，絞盡腦汁不停地思索著，思鄉的情愫也油然而生：

我想起了阿爸、阿娘、阿母。

我想起了三叔公、二嬸婆、春叔仔。

我想起了戰爭、泥土和硝煙。

我想起滿山遍野的牛羊屍首。

我想起倒塌的房屋、破碎的家園。

我想起起狷的阿母、送人做囝的小弟。

我想起阿爸慘死在阿母緊握的「三齒」中。

我看到鮮血從阿爸的頭上泊泊地流出。

很久、很久、很久沒有想過的事，都在此刻一一湧現，讓我流下很久、很久、很久沒有流過的思鄉淚………………。

第十九章

不久的將來
我們將帶著孩子
踏上歸鄉的路途
輕叩故鄉的大門
不再是這個島嶼上的過客
不再是天涯的浮雲和遊子
……

美鳳終於懷孕了。

懷下我們第一個愛情的結晶。

二老喜悅的形色遠勝過我們，我們內心裡的興奮，更難以言喻。然而，她並沒有獲得更多的休息機會。每天依然跟著我忙得團團轉。雖有滿懷的不捨，面對忙碌的餐飲生意，卻也倍感無奈；飽了客人，餓了自己，幾乎是經常發生的事，如此下去，我實在擔心，她的身體會承受不了，相對的，也會對胎兒產生不良的影響。

「嘜緊張啦，」每次當我提出要她多休息的話題時，她總是以這句話來回應我，而後挽起袖子說：「汝看，我手骨比汝卡大枝，比汝卡粗勇，保證會替汝生一个白泡泡、水噹噹兮囝仔。查埔郎嘜一日恪恪唸啦，聽久我心內會煩咧，知影嘸？」

「美鳳仔，汝唔通狗咬呂洞賓，唔知好人心。恁尪是愛汝、疼汝、惜汝、關心汝，驚汝腹肚飫，驚汝相勞累，驚汝身軀凍袂條。唔通袂記耶汝是我兮某呢！」

「汝真三八喔，查某人生囝仔是天生兮本能，唔免大驚小怪。」她說著，又附在我的耳旁，輕聲地，「暗時乖乖睏，唔通閣想彼項代誌，知影嘸？」

「水某睏在身軀邊，袂想攏是騙人兮，但是我會有分寸，真細利，袂粗魯。安心啦！」

她高興地輕拍著我的雙頰，而後笑咪咪地說：

「人講查某大腹肚尚歹看，真最查埔郎攏會偷偷走去風化區找查某。」她略帶警告地：「阿明仔，我兮腹肚一日一日大起來，人也會變歹看，汝那是敢走出去找查某，這筆帳，著歹算啦！」

「美鳳仔，汝看我是唔是一隻狷豬哥，」我用手指比劃著自己，「我是唔是生一副豬哥面？汝詳勢看嘜耶！」我有點兒不悅。

「參汝滾笑啦，」她笑著，輕輕地撫著我的臉，「我知影汝唔是一个見著查某著好兮老豬哥。汝照鏡看嘜，汝生一副緣投面，人古意，骨力閣打拼，這也是我愛汝、嫁汝兮理由，我佮汝滾笑，唔通變臉哦。」

「在阮某面頭前，我不敢變臉啦。」我笑著，「有一日那乎伊趕出門，即聲著知死啦！彼陣我看著閣來去呷兵仔飯。」

「我記兮汝唸過，做兵真甘苦，衫褲無人補，暗時想無某。我相信今仔日汝已經有某啦，過幾個月嘛有囝啦，嘜彼呢無良心，放阮母仔囝唔管，又閣去呷兵仔飯。」

「講笑歸講笑，尪某間貴在互相信任、互相瞭解、互相扶持、互相照顧。美鳳仔，咱兮感情唔是一日二日，咱會結成尪某是天賜兮良緣……。」

「嘛是天生兮一對！」沒待我說完，她搶著說：「汝講有影嘸？」

「當然嘛是有影。」我說著，伸手摸了一下她尚未鼓起的肚皮，「有感覺囝仔在動嘸？」

「即陣無感覺，閣一段時間，伊就開始狗怪，無乖啦。」

「講實在兮，即段時間汝唔通相操勞啦，大人囝仔攏重要，愛呷卡最耶，營養才有夠，生出來兮囝仔、才會拙皮得人疼。」

「汝無看著，阿母時常乎我呷補：高麗、洋蔘呷去真最兩，即陣那去秤，一定肥真最斤。到時囝仔還未生，先變成一隻肥豬母，阮尪看著袂嫌才怪！」

「美鳳仔，無管汝宰樣變，在我心肝內，永遠是一个水查某，一个善良閣純情兮女性，人那唔知倘滿足，無路用啦，唔免參人做人。」

「阿明仔，今仔日我唔是家己歐佬，我孫美鳳即世人尙得意兮代誌，就是嫁汝即个好尪婿。」

我輕輕地拉起她的手，目視著一對水汪汪、烏溜溜的大眼睛。我何其有幸，在失去家園、從軍報國退伍後，卻獲得一位善解人意、美麗又勤勞、端莊賢淑又體貼的嬌妻，以及一個幸福溫馨的家庭。我不想把它歸功於命運，也不想以祖先的風水來表功；幸福的路途是我們披荊斬棘、一步一腳印慢慢地走過來的。雖然沒有歷經大風大浪，卻是我們心血的凝聚。如果不善加珍惜，幸福也會隨著時光，偷偷地從我們的指隙間溜走，任你如何地追趕，任你投擲再多的精力，花費再多的時間和金錢，依然抓不住它。因而當幸福來臨時，我們必須緊緊地抓住，好好地把握，絕不讓外來的因素侵蝕它的一稜一角、一分一毫；唯有如此，才對得起攜手走向未來的美鳳。

我們坐在床沿，相視地笑了，內心同感的幸福，遠勝外在的言表。

「美鳳仔，」我把手輕輕地搭在她的肩上，「等汝囝仔生過，咱應該來計畫回金門兮代誌。」

「阿明仔，汝是一个帶過兵兮查埔郎，捌真最世事，汝兮意見、汝兮想法，我攏百分之百尊重佮支持。汝叫我行，我唔敢唔行，既然嫁汝即个金門郎，呷老死去，嘛是金門鬼！我袂怨嘆！」

「我真感謝汝，人兮命有時也是真歹講，回金門雖然一切攏愛重新開始，過甘苦兮日子是難免，但伊畢竟是咱兮故鄉，咱兮根生在彼个所在，有根才有本，即个也是我想要回去兮最大理由。」

「汝兮心願，嘛是我兮心願。阿明仔，到時咱愛同心協力，互相鼓勵佮打拼，唔通乎人笑。」

「講實在話，有汝米粉嫂仔兮支持，我有重建家園兮信心。人講娶到好某，卡贏三个天公祖。」我笑著說。

「三八兵，」她笑著，輕捶了我一下肩頭，「汝皮在癢了，欠修理！」

「唔著，」我拉拉她的手，「細漢兮時陣，阮後母伊是罵我『夭壽死囝仔，討皮痛』，接著是掃帚頭打落來。」

「啥米，」她驚奇地，「用掃帚頭打汝，卡早唔捌聽汝講過。」

「見笑代誌，講袂出嘴。」我輕嘆了一口氣，「過去兮代誌乎伊過去，講相最，歸腹肚氣。」

「是啦，是啦。過去兮代誌想相最沒路用。」她愛憐似地，「過咱即陣快樂幸福兮日子，才是真兮。」

「美鳳仔，我細漢兮代誌，三暝三日嘛講袂完，等有一日咱攏變老伙仔，汝給我泡一杯茶，搬一塊椅頭仔乎我坐，我會一齣一齣講乎汝聽。」

「有真精彩嘸？」

「保證汝烘火歸腹肚，目屎直直流。」

她神色黯然地點點頭，我也不想再告訴她什麼，在她懷孕的這段時間，我應該給予她更多的關懷、更多的快樂。讓她孕育出一個健康活潑的乖寶寶，讓她的臉上綻放更多喜悅的神采。不久的將來，我們將帶著孩子，踏上歸鄉的路途，輕叩故鄉的大門，讓我們的根深入故鄉的紅褐土，延綿不斷，不再是這個島嶼上的過客，不再是天涯的浮雲和遊子………。

第二十章

我從苦難中一路走來
歷經家庭的變故　時代的變遷
這雖然是兩個截然不同的遭遇
但傷害卻無二樣
且讓飛逝的時光
爲我們弭平心靈和肉體的
雙重傷痕……

幸福安逸的日子，總要參雜著不幸和挫折。許多料想不到的事情，在它突發的時候，往往教人措手不及，不能在第一時間內有所應對，也因此而造成許多不幸的事故和無法彌補的憾事。有時我們自責，有時歸咎於命運，始終忘了要自我檢討，嚴加防範。

美鳳不慎在廚房跌了一跤，腹部衝撞到擺放碗盤的矮櫃。

「哎喲！」她手按住腹部，彎下腰，痛苦地叫了一聲。

我顧不了爐火正在燃燒，鍋裡的湯正在沸騰，急速地跑到她的身旁，迫不及待地扶起她。

「美鳳仔，有要緊嘸？」我一手扶起她的身軀，另一手撫摸她鼓起的腹部。

她緩緩地伸直腰，苦笑地向我搖搖頭。

「袂—要—緊。」

然而，她痛苦的表情，依然存在著。我順手拉來一張椅子。

「汝緊坐下，汝緊坐下！」我輕輕扶著她，讓她坐在椅子上。「歇困一下，我帶汝去醫院檢查檢查。」

「嘜緊張啦，」她依然苦笑著，「撞一下，小代誌啦，歇困一會，稍等一下就好啦。」她瞄了一眼鍋爐，「汝緊去炒菜，落米粉，乎人客等相久，歹勢。」

「汝腹肚會痛袂？」我把手輕輕放在她的肩上，低著頭，愛憐地問。

「一陣一陣啦，袂要緊。汝緊去！」她輕輕地推著我。

「打電話請二个老兮來逗跤手，我陪汝去醫院檢查檢查，卡穩啦。」我開導著她說。

「唔免啦，我家己兮腹肚，我知影。」她的手依然不停地撫摸著腹部，而後有些生氣地，「查埔郎嘜親像老太婆，囉里囉索，緊去啦！」

我無奈地走著，走向烈火燃燒的鍋旁，裡面的滾水、繚繞的水蒸氣，我的雙眼有些朦朧，不知該下米粉，還是榨菜和肉絲。當然是先下米粉，榨菜和肉絲必須另用油鍋爆炒，才能入味。我的意識並未昏庸，一邊熱鍋，一面倒下一杓油，而頭卻不停地轉向美鳳。我清楚地聽到油熱的響聲，然而，卻忘了必須用手把榨菜和肉絲，輕輕地鬆散在油鍋裡，而是猛力地整碗倒下，霎時，只感到臉上有局部性的火熱，我被濺起的熱油燙到了臉。然而，我鎮靜地沒有出聲，忍受著臉上的熾熱，不是傷痛。一碗碗端到客人的桌上。但我依然沒有忘記坐在不遠處，不停地撫摸著腹部的美鳳。當我工作告一段落，走近她的身旁時，她卻忍受著痛苦，從椅子上慢慢地站起來，驚奇地撫著我的臉。

「阿明仔，汝兮面乎油燙到是唔？」

「一點半點，經常兮代誌，袂要緊啦。」我不在乎地說。而後低頭看著她的腹部，「腹肚會真痛袂？」

她目無表情地看著我，沒有搖頭，也沒有點頭。

「阿明仔，那無人客，咱今暗卡早關店，我真想要躺在眠床頂歇困，而且汝兮面也需要抹藥，才袂發炎。」

「汝緊坐下，我即陣來去收拾收拾。」

「我來給汝逗跤手，卡緊收啦。」她說著，手仍然按在腹上。

「拜托耶，美鳳仔，看汝兮表情，我知影汝即陣還閣真甘苦，汝定定坐乎好，唔通滾笑。」我輕輕地扶她坐下。

「好啦，好啦。汝去收啦。」

回到家裡，我趕緊地向二老稟明在店內突發的狀況。他們並沒有責怪我，亦沒有把美鳳碰撞到腹部的事情，看得太嚴重，反而是較關心我被油燙傷的臉。一直到了深夜，美鳳在床上開始輾轉翻覆，腹痛難忍，下體出血，我已深知事態的嚴重，時間已不允許我們有任何的猶豫，除了儘速送醫院，其他別無良策、別無選擇。

孫伯伯到外面攔車，我扶著虛弱的美鳳，在屋裡等候。面對如此的情景，竟然想不出、找不到一句可以安慰她的話。

我用手抹去她額上的冷汗，她的頭微靠在我的肩上，無精打采地說：

「阿明仔，我腹肚真甘苦，會痛死。」

「閣忍耐一陣，車馬上來啦。」我安慰著她，也輕輕地幫她撫著腹部，希望能減輕她的痛苦。

孫伯母提著熱水瓶，抱著毛毯，神色黯然地走來，母女相對則是啞口無言，雙紅的眼眶，許是母女深情的流露。

我揹著她上了計程車，緊緊地把她摟進我的臂彎裡。風城的深夜，除了颼颼的聲響，滿天的繁星，唯一在我耳際繚繞的是美鳳微弱的呻吟聲，在我眼簾出現的是一個沒有血色的小臉，以及我的一顆起伏跳動不安的心。

經過婦產科醫師的診斷，美鳳的腹部因受到撞擊，胎兒已無生命的跡象，如不儘快手術處理，母體也難保。

聽到這則不幸的消息，我盈滿眼眶的淚水，已不聽大腦的指揮，而汩汩地落下。美鳳由急診室被推進手術室，我們也被摒棄在白色的門外，彷彿遙隔著兩個不同的世界；在裡面與死神搏鬥的是美鳳，在外面心急如焚、百般期待的是她的父母和丈夫。孫伯伯的嘆氣，孫伯母的祈禱，而我心中卻隱藏著難以形容的悲痛。就在那短短幾個小時裡，一個微小而珍貴的生命，卻毀滅在自己的父母手中，滿懷的期待和希望，也在一瞬間失去了蹤影。人生的確有讓我們學不完的課程，我們的知識竟是那麼地貧乏、膚淺，只懂得在人性的差異和性別上求取歡樂，基本的醫學常識卻一無所知，這是何等地悲哀呀！

或許，美鳳此刻已全身麻醉，躺在手術檯上任由醫師擺佈。人也只有在生死邊緣掙扎，才知道生命的可貴，而尊嚴則在手術檯上消失殆盡。爲了保全生命，必須喪失尊嚴，裸露身軀，暴露神祕地帶，一切都是爲了要活著，爲了要保命，其他的看穿了，就猶如剛出生的嬰兒，降臨人間再成長，懂得羞恥再遮掩。

久久的期盼，度日如年地等待。終於白色的房門打開了，護理人員緩緩地推出床車，天藍色的被褥蓋在她的身上，露出一頭蓬鬆的髮絲，一張蒼白而疲憊的臉、緊閉的眼、沒有血色的雙唇，讓我無法接受這個事實。然而，不能接受，也必須承受這個無情的打擊。幸好，失去了孩子，卻保住了母體。或許，等美鳳的身體復元後，很快地會再受孕。因爲我們年輕，有足夠的體力讓某一個機能快速運轉。一滴健康的精子擁有數萬隻的精蟲，當它與美鳳體內的卵子相結合，很快地會讓她再受孕，很快地她的腹部會再隆起。屆時，我絕對不讓她分擔任何工作，讓她在家裡專心做一個孕母，孕育出一個健康活潑的小寶寶。這是我的心願，也是我們共同的心願。一旦孩子誕生，一旦爲人父母，家的氣息將更郁馥、更溫馨、更美滿。不再橫生任何的枝節，在短暫的時光裡，都能一一成真。

麻醉過後的疼痛，讓她眉頭緊鎖，微張的眼又閉上。眼角卻多了一些斷線的珍珠，一顆顆地滾落在白色的枕頭上。

「阿明，咱兮囝仔無去啦。」她喃喃地，傷心地說。

「美鳳，汝唔通傷心，身體顧乎好卡要緊，咱攏少年，等汝身體復元，隨時會乎妳受孕。昨日不幸兮代誌，嘜去想伊，好好靜養才是真兮。」我輕輕地擦去她的淚痕，低聲地安慰她說。

「咱兮運氣那會彼呢歹。」她閉著眼，而後又微微地張開看著我，「汝兮面乎油燙到，有要緊嘸？」

「袂要緊啦，我已經抹過藥，閣幾日著會過皮。」我說著，輕輕地理著她散亂的髮絲，「命運之神對待每一个人攏尙款，有時乎咱好運，有時碰到歹運，閣卡勢兮人，攏在伊兮手中心，家己無法度來掌握。」

「會啦。」她微嘆了一口氣，「我會認命。」

我不再說什麼，一切的過錯是該歸咎命運，還是怪自己的不小心。事情既然已發生了，必須面對一切的後果，必須由自己來承受一切的苦難。此時的「怨嘆」已不能彌補身心所受到的創傷。我從苦難中一路走來，歷經家庭的變故、時代的變遷；雖然是兩個截然不同的遭遇，但傷害卻無二樣，且讓飛逝的時光爲我們弭平心靈和肉體的雙重傷痕，鼓起勇氣繼續前行，創造一個幸福美滿的家園……
……………。

第二十一章

我不想以任何的言辭來讚美他
就由他盡情地流露
一遍遍唱出心儀中的白雲故鄉
一聲聲唱出思鄉的悲壯情懷
累了　請歇會兒再唱
音啞了　且請用淚水滋潤
再繼續地唱下去吧…………

經過這場重大的變故，美鳳對目前的生活方式，有了意見，我亦有同感。

「阿明仔，講實話，咱那繼續按呢生活落去，會活活磨死，唔免想要生囝抱孫。」

「我嘛有即款想法。咱兮營業時間真長，無家己休閒歇困兮時間，天光到暗暝，頭殼憨憨又閣強強滾，倒落眠床，四跤伸直直，睏仔親像肥豬彼樣。」

「汝兮甘苦我知影。自我落胎以後，跤手攏無力，頭殼經常烏暗。我看，想要生一个囝仔，唔是彼簡單。想要給汝逗跤手，一點仔氣力攏無，親像一个無路用兮人。」

「查某人落胎，對母體是一種真大兮傷害。愛吃補，慢慢調養，才會恢復元氣。汝好好在厝內歇困，唔通替我操煩啦！」

「汝是我兮尪婿，在汝身軀頂，我得到幸福佮快樂，汝兮安慰，汝兮疼惜，汝乎我兮一切，我攏一件一件記在頭殼內。今仔日汝爲了家在打拼，我那無關心汝，就免參人做人。嘛唔配做汝黃志明兮某。」

「感謝汝對我兮關懷佮愛，咱有一日愛找機會參二个老兮商量，福利社兮合約今年到期，嘜閣簽落去。咱歇困一陣，到處走走看看，然後咱準備回金門，整理田園厝宅，離開即个乎咱快樂，也乎咱悲傷兮所在。」

「阿明仔，我攏聽汝兮安排。一旦回金門，希望我兮身軀會勇起來，才有法度參汝逗陣來打拼。」

「咱兮故鄉是一个海島，無工廠，無真最車來製造空氣兮污染，相信汝會適應彼个所在，身軀嘛會真緊就勇起來。到時咱唔通袂記，要開一間『米粉嫂仔小吃店』，汝是頭家，我是頭家兮尪。知影嘸？」

她高興地笑了，自從流產以後，這是她唯一展現出真正喜悅的笑容。是否她已愛上了金門，喜歡上了金門，我不想加以揣測，但能理解她此刻的思維：人在情緒最低潮的時候，往往會把希望寄託於未來的新環境裡；然而，新環境是否能爲她帶來新希望，還是新環境讓她的新希望幻滅，這些都是尚未面臨的問題，也是我們未來必須面對的。

「美鳳仔，真久無看到汝彼呢開心兮笑容。」我牽著她的手笑著說。

「唔知宰樣，我真想要卡緊離開即个所在。」她有些兒落寞地。

「我知影汝即陣兮心情。雖然咱在即个所在得到快樂，但也同時感受到失去囝仔兮悲傷。即項代誌也是咱想要離開兮最大原因。」

「阿明仔，講實在話，我真煩惱以後是唔是會有身。那是因爲即遍兮落胎，乎我袂生，我會怨嘆歸世人。」

「唔通想相最，好好調養身體，咱今仔日才廿外歲，當少年，汝一定會生，生到做阿嬤還會生。」

「啥米攏是命啦。」她嘆了一口氣，「天公伯仔要乎咱幾个囝仔，註好好，我唔敢憨想。」

「美鳳仔，人不驚跌倒，儘驚驚失志，驚對家己無信心。所有兮代誌回金門再做計畫，再重新打算。天無絕人之路，唔通想相最。」

她沈思著，無言無語地默想著。我能理解到她此時的失落感，更能體會出「落胎」對她身心所造成的傷害。一旦回到金門，並非如我們想像的那麼單純。一切必須重新來過，也必須付出更多的心力和勞力，才能打造出一個幸福的家園，開創一番屬於自己的事業。屆時，我們是否有足夠的體力，來完成這個心願，還是落人笑柄的半途而廢，又要回歸到原點。

美鳳「落胎」的這段時間，孫伯母愛女心切的心境，讓人動容。除了藥補食補，連她沾著血漬的內褲，都由她老人家親自洗滌，不假手他人。孫伯父適時地安慰和關切，展現出長者慈祥的風範。家有二老，猶如一塊寶。我們該珍惜目前所擁有的，一旦離開這裡，回到一海之隔的島嶼，是否象徵著我們也同時失去了寶，只能依靠著夫妻間相互的扶持，克服萬難，化不可能爲可能的毅志。唯有如此，才不會辜負二位老人家殷切的期望；倘若我是一位不盡職的丈夫，讓美鳳回金門受苦，又怎能對得起他們。雖然我們聽過「事在人爲」簡單的四個字，但真正想「爲」，往往與想像的相差著十萬八千里。套用一句悲觀的話，那或許叫「知易行難」吧。雖然每一道難關，我們都必須運用上天賜予我們的智慧來面對它、克服它，來完成它，才能獲取應得的果實；如果停滯不前，必將被自己所擊倒，又有何顏，面對親友？

經過溝通，孫伯伯已決定不再和福利社續約。除了小食部易主外，米粉嫂仔也正式從眾兵的記憶中消失。大家相處久了，依依不捨的情懷，在所難免。武大哥送我一支笛子，是他剛到臺灣時買的。他不但能吹出好幾首幽美的曲調，更教人倏然淚下的是那首《白雲故鄉》；當他吹奏完畢，臉上顯現的是童時的純真，豐沛的感情，淚水在霎那間，盈滿著眼眶。如此的一支笛子，他卻要送給一位準備歸鄉的友人。

「老弟，我歸鄉的夢已碎，從今以後不再吹奏思鄉曲，我也不明白爲什麼要把這支笛子送給你，彷彿你的歸鄉，能爲我捎來一些鄉訊，因爲你站在太武山頭，就能望見我的故鄉。」他滿懷傷感地說。

「是的，武大哥。白雲雖然瀰漫著山旁，但我的確能看見你的故鄉。雖然我沒有天生的音樂細胞，但我願意從多、麗、米學起。」

「老弟，記住：笛子本身沒有功力的深淺，只有真情的流露；有了真情，它的聲韻會更柔和更美妙，尤其在夜深人靜時。就由你自己去體會吧！」

「謝謝你，武大哥，但願有一天，你能親臨金門，聆聽我的笛聲，我將爲你吹奏一曲——

歡迎呀，歡迎
歡迎武大哥你的光臨
這兒沒有山珍和海味
只有高粱酒一杯
金門的景色美、人情濃
我們將同乘希望的翅膀
陪你在太武山頭喚爹娘」

「好！」他興奮地拍著手，「老弟，你的才華是多方面的，不只是一位廚師，內心裡更隱藏著豐富的感情和文采。」

「武大哥，你過獎了。我只是隨興唸唸。」

「你肚裡有多少東西，老弟，我清楚。你雖然自幼失學，但你的自學和苦學，教人不佩服也難。」

「武大哥，警總的出入境證可能不久就會寄到。很快就要啓程，但願有一天能在金門見面。」

「老弟，我身上這套軍裝你穿過，除非輪調，要不，到金門的機會可真難呀！你們身為在地人，想回去，還要經過層層關卡辦出入境，一位現役軍人更是難上加難。幾乎是不可能。」

「我能理解。這是一個非常時期，因為我們時時刻刻都在準備反攻大陸，因而要戒嚴，需要設限，讓人民永遠痛恨沒有居住的自由。」

「美鳳的身體依然很虛弱，千萬不可疏忽。一個孕婦最大的傷害就是流產。凡事多牽就她一點，尤其到了一個她完全陌生的環境，必須讓她慢慢來調適、來適應環境，不可操之過急。」

「在這塊土地上，我好比一個被時代遺忘的孤兒，回到自己的家鄉，雖然父母已雙亡，家園必須重建，但內心裡總感到踏實多了。」

「親不親故鄉人，甜不甜故鄉水。我們的思鄉情懷沒有兩樣。只是你比我幸運，能帶著嬌妻一起歸鄉。」

「是的，武大哥。我們都是從苦難中一路走來，但你卻有一個值得回憶的童年，而我卻是在後母的淩虐下長大。你早婚，已體會出家的溫暖，雖然因從軍報國而離開，但所歷經的每件事，都是值得回憶的。人，一旦有了甜蜜的回憶，內心永遠不會感到空虛。」

「我同意你的想法，甜蜜的回憶常教我暗中自喜，但有時卻讓人傷感。」

我默默地點點頭。

他沈默了一會，突然間卻唱起了——

海風翻起了白浪
浪花濺濕了衣裳
寂寞的沙灘
只有我在凝望
群山浮在海上
白雲瀰漫山旁
層雲的後面

便是我的故鄉

……………

他的歌聲與笛音同樣地幽美，同樣地展現出深厚的聲樂造詣和情感。除了唱出對故鄉的懷念，也唱出那份淡淡的思鄉情愁。我不想以任何的言辭來讚美他，就由他盡情地流露，讓他一遍遍唱出心儀中的《白雲故鄉》，讓他一聲聲唱出思鄉的悲壯情懷。累了，請歇會兒再唱；音啞了，且請用淚水滋潤，再繼續地唱下去吧——

海水茫茫

山色蒼蒼

白雲依戀在群山的懷裡

我卻望不見故鄉

……………

第二十二章

異鄉的土地已與我毫無關連

我此刻的心似乎已回到了家鄉

太武山青蒼翠綠的林木

巨巖重疊的山巒

才是我此生最大的希冀

…………

在決定返鄉的同時，我已先匯了一筆錢，託請堂哥先雇工整修一下老房子，以便歸鄉時，有一個落腳處。誠然，再怎麼整修，也不可能有此時的舒適感。但我並非貪圖感官上的享受，而是因思鄉而歸鄉。再苦再難也不能改變我們既定的行程和初衷。況且，我們的抉擇已獲得二位老人家的認同和支持。他們所展現的是無比寬宏大量的心胸，沒有任何的阻撓和不捨；有的是萬千的叮嚀和祝福。

「阿明仔，美鳳仔兮身體無講蓋勇，三不五時愛燉補乎伊呷，元氣才會緊恢復。千萬愛記兮——做歸做，打拼歸打拼，呷食唔通相寒酸。」

「姆仔，恁交待兮每項代誌，我攏記條條，回到金門，阮尪仔某會互相照顧，請恁唔通掛念。新年下冬，美鳳仔那生囝仔，阮會抱來乎恁看。」

「講實話，阮兩二个老伙仔，想抱孫想仔頭殼烏暗杇。那唔是美鳳仔歹運，加落身，即陣囝仔已經四月外日啦。閣幾月日仔，嘛會曉叫阿公叫阿嬤。」

「往往天不從人願，」孫伯伯感嘆地，「抱孫之心愈切，思孫之心愈勤，想讓小孫子叫聲阿公，竟是那麼地難啦！」

「不難，不難。」美鳳笑著，「阿爸，只怕將來阿公叫多了，您會煩。」

「你們一踏上家鄉的土地，」他用食指指著我們，「第一就是準備生孩子，不管生多少，只要你們放心，統通送來臺灣，我與你媽負責幫你們帶，讓你們專心創業。」

「阿爸，謝謝您。」美鳳向他點頭致意。「您的用心讓我們感謝又感動。但願有一天，您與媽能到金門定居，讓我們略盡子女之孝道，奉養您們。」

「你們的孝心，爲父爲母者都能理解，或許將來會有在金門見面的一天。」

「我們衷心期待著這一天的到來。」我嚴肅地說。

「阿明，美鳳，當有一天，我踏上金門的土地，如果不能親自登上太武山，你們必須攙扶我，讓我仔細眺望故國河山，青蒼翠綠的山巒，解解我長久積壓在心裡的鄉愁。」他說著說著，卻勾起了滿懷的思鄉情愁。

我實在找不出一句妥當的話，來安慰這位長年流落在異鄉的老年人。就讓這方小小的客廳歸於寧靜，歸於祥和，歸向一個遙遠的夢境。

一些不易破碎的衣物、被褥、日常用品，我們都分件打包，用郵政包裹暫時寄到堂哥家，以免大包小包提著上船、扛著下船，造成許多的不便。出入境證也寄給阿雅，請她就近打聽航期，代登記船位。如果待我們南下再登記，往往會受限於管制名額，坐不上船、歸不了鄉，又必須回歸到來時路。這是我們內心永遠的感嘆，亦是無奈。

接到阿雅的通知，船期是後天，希望我們能立即南下，先在她的住處稍為休息，她將陪我們到高雄港十三號碼頭報到。我們不加考慮，欣然接受她的建議。歸鄉之事已準備多時，也早已與二老取得共識，彼此都有心理上的準備。因而，當我們啓程時，並沒有淚灑風城、寸步難行的離別情懷。我們提著行李，高高興興地向他們說再見、道珍重。然而，就在我們臨上車的霎那，美鳳卻俯在母親的肩上失聲地哭泣著。

「憨囝仔，」孫伯母紅著眼眶，拍拍美鳳的背，「唔通嚎。在這是做客，金門才是恁永遠兮厝，阿母歡迎恁經常回來。」她說著，再次地拍拍她的背，「唔通嚎，汝閣嚎，阿母嘛要流目屎啦。」

「孩子，一年可以辦二次探親的出入境證，一個月也有兩個航次，比以前方便多了。」孫伯伯走到她身旁，輕拍著她的肩，「想回來就回來，別難過，時間不早了，你們就上路吧。」

是離愁，別有一番滋味在心頭。或許是人生中最常感受到的愁滋味，當她要離開孕育她廿餘年的家園時，當她要離開父母溫馨的懷抱時。人，正因爲他有感情而稱人，這也是人因離情而動容的最佳寫照。當她的淚水流盡，必將化成聲聲的祝福和珍重，只是再見面，不知何年，何月……。

我們搭乘南下的對號快車。我已無心欣賞車窗外的景緻，閉上眼睛，想起初臨這塊土地的情景，想起爲了「吃公家」、「穿公家」而「從軍報國」的往事。雖然不是衣錦還鄉，榮歸鄉里，但我今天卻帶著嬌妻回來，也帶回一筆創業基金，與當初腦空空，手也空空去「從軍報國」相比，至少對自己有了交待，對供桌上的列祖列宗也有了交待。我將帶著美鳳，高高興興、快快樂樂地步入家門。首先，必須捻香膜拜，向祖宗請罪：旅外的這幾年，虧待了祂們，回家後，不管是祂們的忌日，或是年節，將以最虔誠之心，以最隆重的牲禮，來祭拜祂們。古老的屋宇雖然已整修，但在經濟能力許可下，一定重建，重新建造一幢美輪美奐的新房舍，讓列祖列宗的神主牌位不會太擁擠，讓他們都能面對「深井」頂端的萬里晴空，當然也祈求祂們的保佑，讓我們萬事順遂，美鳳早日懷孕，平平安安、順順利利產下一個我們渴望中的小寶寶，不管得男得女，我們將善盡為人父母之責，撫養他，教導他，善待他。不管能不能成為社會上的菁英，不管我們因他而承受多少苦難，付出多少代價，無怨無悔是我們不變的心志。他也終將成為我們此生最大的希望。而天，是否能從我們所願，或許，一切仍在虛無縹緲間……。

身旁的美鳳，從上車到現在，很少與我交談，不知道她是閉目養神，還是想著爹娘。我們都知道，歸鄉的路途既遙遠又艱辛，此刻我們剛起步，尚未越過崎嶇的山路、浩瀚的大海。滿山遍野的荊棘尚未鏟除，想建造一個美麗的新家園，藍圖只在我們的胸中，什麼時候才有能力付諸行動、實現理想，讓美夢成真，一切尚言之過早。

我情不自禁地拉起她的手，她轉過頭，用一對充滿自信的眼光看著我。在未來的人生歲月裡，她將陪伴著我，一同攜手邁向我們理想中的美麗新世界。我的肩頭重擔，也將由她的雙手共支撐。

「阿明，看汝憨神憨神，唔知想啥米？」

「看汝離別兮時陣，㖠仔彼呢傷心，我實在真擔心，回到金門，汝會凍袂條。」

「阿母飼我二十外冬，一旦要佮伊分開，渡船過海去金門，唔知何時才會閣見面，想起來心真酸。」她說著，捏了我一下手，「汝唔通煩惱啦，我唔是一个袂吃苦、驚拖磨兮查某人。雖然唔捌兮代誌真最，但是，該打拚，該勤儉，我攏做會到。金門兮民情風俗，我會慢慢來學習。厝邊頭尾，親情五月，我會以誠以禮來對待，絕對袂乎汝漏氣，嘛袂乎人講，我是一个要呷唔做，目睭生在頭殼頂兮臺灣查某。」

「美鳳仔，我想相最啦，汝唔通見怪。」

「三八，」她白了我一眼，「嘜彼呢厚禮數，嘛唔通將我當做外人。」

我點點頭，傻傻地笑笑。

列車快速地進站又疾駛，車窗外是綠色的一片片，不管是野生的林木，抑或是農作物，異鄉的土地已與我毫無關連，我此刻的心似乎已回到了家鄉，太武山青蒼翠綠的林木，巨巖重疊的山巒，才是我此生最大的希冀，其他就猶如雲煙，來也快，去也快，來也匆匆，去也匆匆……。

第二十三章

我們的內心已沒有疑慮
歡樂的時光將在我們心中長存
踏穩腳步 繼續前行
光明的路途就在不遠處
粗壯的雙手
更是我們邁向成功的
最大希望…………

坐船，對美鳳來說，是頭一遭；而我是第二次。

美鳳不但不會暈船，還時而在甲板上走動，走動。好奇地看看艇上的機槍和大砲，看看遠方的魚舟和帆影。主動和同船的鄉親聊聊天、談談笑，更把阿雅爲我們準備的食物，分贈給同船的小朋友，看她如此地愉快，也化解了我心中許許多多的疑慮。但願她真能適應我們貧困的島嶼生活，而不是歸鄉成來客，過不了三五個月，或是一年半載，又要走上回頭路，淪爲鄉親譏笑的話柄。把我要得團團轉，果真如此，我不知該如何來面對。或許，我將難以承受如此的打擊，讓我心中的美夢碎成一片片，讓我的理想幻化成空。

鹹鹹的海風，湛藍的海水，廿餘小時的海上顛簸，終於我們看見了浯鄉的太武山頭。我們併肩佇立在甲板上，雙手緊抓住船沿的鐵鍊，我興奮地告訴她：

「美鳳仔，金門到了。汝看，對面白沙兮所在，是新頭海灘。尙懸兮彼粒山叫太武山。汝看，有水嘸，有水嘸！」

「水。」她高興而仔細地看了一會，「哇，是石頭山，我唔捌看過即水兮石頭山！」

我轉頭看看她，她的笑意是誠摯的，她的讚美不是虛僞的。她像鳥兒般輕盈地跳躍，目不轉睛地注視著。

「美鳳仔，唔是佮汝臭彈，即粒山親像阮某彼樣，近看水，遠看嘛是水！」

「三八，」她輕擰了我一下手臂，「人彼最，唔驚乎人笑死！」

「笑啥米，我實話實講。船頂彼最人，汝目睭金金相看嘍，找無一个比阮某卡水兮查某。」

「好啦，好啦。汝閣講落去，我面會紅。嘛會見笑。」

軍艦終於順利地搶灘。我們緊跟著同船的鄉親下船，經過臨時搭建的浮橋，故鄉的土地就在眼前。我們是該俯身親吻，還是輕輕地踏上這塊芬芳的泥土。我們的笑靨在臉上停留久久，我們的心胸開朗，神情愉快，久別重逢時的喜悅，將長存在我們的記憶裡。

經過查驗「出入境證」，檢查行李。不管安全人員的態度有多麼地傲慢、無禮、囂張，畢竟我們已經回來了，回到久別的家鄉，回到我們的夢土上。他們刻意地刁難，只有增加人民對他們的憎恨，其他，並沒有什麼特殊的意義。因爲我們是合法的入境，因爲我們的行李中沒有違禁品，再怎麼詳查細看，依然不能阻擋我們回家的路程……………。

細心的阿雅，在我們上船時，已打電報通知了阿旺堂哥。古厝的大門已啓開，親堂姆伯叔嬸，堂兄堂弟已齊擠一堂，喜悅的神色，難以言喻。雖然彼此都因歲月而成長，而蒼老，但那熟悉的輪廓，親切的鄉音，卻永恆不變。

曾經，不幸的家庭讓我悲傷，讓我望鄉情怯。今兒雖非衣錦還鄉，但我自信對得起供桌上的列祖列宗。村人也會因我已成人，穿著也體面，又帶回一個親切、懂事又漂亮的臺灣某，對我的身世、評價，或許會有所改觀。同時，我也帶回一筆創業基金，阿雅也上了大學。在這個民風保守、生活品質未獲改善的農村裡，相信我們兄妹的作爲，必可爲村裡的青年立下一個新榜樣。當然，我們並沒有因此而自滿，依然在努力、在奮鬥，期望將來有更好、更傲人的成績出現。

我一一地爲美鳳介紹認識幾位親堂長輩，堂哥也把我們先前寄回的包裹全數搬來，一切安頓後，我帶著她在我出生與成長的村落裡，走走看看，也順便認識新環境。

時光已從我當初「從軍報國」到「榮歸鄉里」。轉眼間，逝去二千餘個日月星辰，小小的村落也有了些改變：豬舍牛欄已遷移到村外，瓦礫雜草已鏟除，讓人留下一個整潔清新的好印象。或許，戰爭將遠離，島上的建設正開始，我們並不冀望它能成爲一個繁華的都市，如果能保留一個祥和的農村風貌，延續純樸的民風習俗，讓金門這艘不沉的戰艦，不僅是因戰爭而聞名，而是它的純樸、它的人文氣息，才是世人推崇注目的焦點。因而，我們必須珍惜，光大它的精神，讓子子孫孫留下一個永恆的懷念。

「美鳳仔，咱即陣走兮是紅赤土路，暗時無電，點兮是土油燈仔；無自來水，吃兮是井水；無抽水馬桶，用兮是尿桶佮粗桶仔。真最所在汝會感覺無方便，但是，咱攏著記兮，捌人會使，咱嘛是會過耶。時機會變，政府建設兮跤步，慢慢會緊起來，千千萬萬唔通嫌東嫌西，乎人愛笑。」

「阿明仔，汝啥米攏好，著是愛嘈嘈唸。做幾年仔兵，上幾堂政治課，今仔日攏搬出來，給恁某上啦。」她說著，快走了一步，而後停下轉身，向我敬了一個舉手禮，笑著說：「報告分隊長，汝唔通找機會給我洗腦，嘛唔通將我看成是一个呷甜袂呷苦兮千金小姐。今仔日我千里迢迢佮汝回金門，我兮心理已經有充分兮準備，佮汝同甘共苦，是我永不後悔兮心願。看到即个樸實兮農莊，我真歡喜，看到厝邊頭尾，每一人攏彼呢熱情，彼呢好逗陣，我非常兮感動。即種也是臺灣所在無容易找到兮。報告分隊長，請汝千千萬萬放心，我即个小兵會佮汝逗陣來打拼，分隊長如不幸陣亡，我即个小兵嘛無想要活落去！」

「米粉嫂仔，」我上前一步，拉起她的手笑著，「汝上兮即課，唔是普通兮課程，每一句話攏深深記在，我兮頭殼內，乎我真最兮感受。從今仔日起，所有兮課程宣佈結束，咱憨憨仔做，傻傻仔拼。」

「三八兵，」她不甘示弱地回報我叫她米粉嫂仔，「汝講兮話，我有聽到啦。」

「美鳳仔，汝是我心肝內永永遠遠兮米粉嫂仔。」

「三八兵，愛講三八話。」

我們相視地笑著。

笑聲洋溢在這個古樸的小農村，在每一間古老的屋宇裡迴響。我們的內心已沒有疑慮，歡樂的時光將在我們心中長存，踏穩腳步，繼續前行，光明的路途就在不遠處，粗壯的雙手，更是我們邁向成功的最大希望…………。

第二十四章

幸福不是寫在我們的臉上
而是烙印在我們的深心裡
銘刻在永恆的記憶裡
不管孩子何時來到
他鐵定在一個幸福美滿的
家庭中成長……

我們分別到阿爸、阿娘、阿母的塋前捻了香，燒了一些紙錢。阿爸與阿娘的身影，已從我的記憶中，慢慢地褪色，甚至印象也有些模糊。阿爸與阿母卻讓我難以忘懷，記憶猶新。雖然我曾經想忘掉過去的一些情景，但始終無法揮去心中的夢魘：想起阿母緊握的「掃帚頭」，像似又要落在我的身上，那麼地讓我心悸；想起阿爸袖手旁觀，沒有護衛著我，內心不但有痛也有恨。然而，我恥於把童時的遭遇告訴美鳳，就讓這份悲痛，永遠隱藏在我心靈的最深處。

幾個月下來，除了熟悉自己的田園厝宅外，我也帶著她在沙美、山外、金城……等鄉鎮，做市場的觀察與調查。幾經研商，我們發現地區有獨特的消費對象，就是駐軍。只要選擇駐軍較多的區域，並非一定要在鄉鎮市區的街道上。因而我們決定就在村郊自己的宅地上，申請搭建營業用的平房。因爲村郊除了駐守一個野戰營外，又有空軍的高砲、陸軍的砲兵、裝甲兵，外加一個三級保養廠，經常從此地路過的不知凡幾，只要服務親切、物美而價廉，相信絕不遜於市區。同時也可以節省許多日常支出，如：房租、營業稅……等等，而且市區店面的寬度只有四公尺，雖然長度二十公尺，但寬闊的門面，方能突顯出它的壯觀和氣派。我們決定除了留下騎樓外，把寬十公尺長十二公尺的宅地依法搭建，全部用廉價的水泥磚瓦。因爲我們還有一個願望：有一天要把它改建成一棟美輪美奐的樓房，讓我們的美夢成真，我們的理想實現。

堂哥爲我們物色的「土水師」，竟是我送人撫養廿餘年，未曾見面的弟弟。我們兄弟雖不是一個模子印出來的，但無論輪廓、眼神、嘴形，總有幾分像吧。起初，堂哥密而不宣，當我們交會的那一刻：

「阿弟。」我不管他記不記得，我不管他認不認得我這個哥哥，我的舉止有些失控，竟猛力地拉起他的手，「汝捌我唔？汝會記兮袂？我是恁阿兄，我是恁阿兄！」

他紅著眼眶點點頭，我的淚水卻在眼裡蠕動。

「阿兄，」久久，他掙開被我拉住的手，反而激動地用他粗壯的雙手，緊緊地把我握住，「細漢兮時陣，我憨憨仔過；大漢時，聽別人講真最有關咱厝兮代誌，我嘛真悲傷，真想要佮阿兄汝見面，真想阿兄汝。」

「咱兮心願尙款啦，過去兮代誌，雖然咱永遠記在心肝頭，但有時想想耶，攏是命啦，無啥米通計較兮。」我說著，轉向美鳳，「伊是恁阿嫂。」

「阿嫂。」他向美鳳點頭示意。

「阿弟。」美鳳也含笑地向他點點頭。

「汝有聽人講起阿雅嘸？」我問他，「對伊有印象嘸？」

「有聽人講起，但是一點仔印象攏嘸。」

「伊即陣在臺南成功大學夜間部讀冊，日時在紡織公司呷頭路，有男朋友啦。」

他高興地笑笑，笑出一張古銅色的臉，那是歷經風吹、日曬、雨淋，充滿著樸實與健康，自信與帥氣相輝映的臉。

我們簡短的唔談，想敘述的何止萬千，想談的何止三天三夜。既然我們已回來，兄弟已見面，將來相聚的時間多著呢，就讓未來的時光延續我們兄弟之情、同胞之愛，讓親情的光與熱永遠不會冷卻。

建築令很快就批准下來。因爲我們是合法的宅地，建的是平房，不會影響砲兵的射口，也非軍事重地，這也是能獲得政府快速批准的最大理由。阿弟已找來同伙，開始整地，購置建材，一切都是在順利中進行，也讓我們對未來充滿著無比的信心和希望。孫伯伯也多次來信關切和鼓勵；如果資金不足，他將適時支援，唯一的期望是要美鳳養好身體，早日添丁。老人家的抱孫心切，我們能理解，然而，有些事情也並非能用急來求取。

「美鳳仔，老伙仔兮批汝有詳細看嘸？卡早伊有交待，回到金門第一件代誌就是先生囝。」

「彼款代誌真歹講啦，回到金門我兮心情真好，會呷閣會睏，無親像在臺灣彼呢鬱卒，對彼項代誌，每一遍我嘛順汝兮心。」她說著，摸摸肚子，「汝看，到即陣腹肚還是空溜溜，無半項。」

「我看，」我笑著，「米粉嫂仔，咱不但日時要打拚，暝時嘛愛加油！」

「三八兵，」她白了我一眼，「暝時無好好睏，日時無精神倘做穡！人講細水長流，啥米攏愛節制，唔通相累，知影嘸？一切順其自然啦。生囝是早晚兮代誌，阿爸阿母比咱卡緊張。」

「即張批乎汝來回，汝給伊講，咱有在加油、努力，閣打拚啦，唔免真久伊會做阿公、做阿嬤啦！」

「汝即个三八兵真有自信，查某人生囝，唔是親像汝在戰車頂，瞄準目標就會使，伊是兩个兮結合體，唔是單一體，嘛唔是用嘴講。」

「米粉嫂仔，想袂到汝對即項代誌彼呢內行，從今日仔起，乎汝做指揮官啦，汝叫我立正，我唔敢稍息；汝叫我趴下，我不敢站起來。大細項攏聽汝兮指揮。」

「三八兵，汝講有定嘸？」

「有。」

「今暝起，一人睏一盼，無我指揮官兮命令，袂使動到我兮身軀，袂使假好心，要給我搦麥，袂使給我攪，袂使……」

「米粉嫂仔，汝兮規定真最，比古早阮彼个老北貢隊長閣卡嚴格，講實在話，那照汝兮規定，我會哈死！」

「三八……。」

沒待她三八下去，我一把把她拉過來，左手放在她的肩，右手環過她的腰，用我火熱的唇，堵住她的嘴，用我的熱情，化解她一連串的規定。我的手指輕輕地搦著她的肩，我的唇由她的唇上，輕輕地移到她的耳邊和髮旁，一遍遍，一遍遍輕輕地、柔情地遊移。我相信，所有不成文的規定，終究是敵不過在她耳旁的柔情和細語。這是樂聲的前奏，過後才是好戲的開鑼。從相識、結婚到現在，常存在心中的依然是甜如蜜。我們沒有意氣用事和紛爭，沒有惡言相向和意見相左，心中只有愛和包容，只有相互扶持和照顧。因而，天天都是我們心中最美麗的春天，夜夜都是我們心靈中最值得回憶和珍惜的初夜和蜜月。幸福不是寫在我們的臉上，而是烙印在我們的深心裡、銘刻在永恆的記憶裡。不管孩子何時來到，他鐵定在一個幸福美滿的家庭中成長，我們期盼著，一個可愛的小生命，像天使般地駕著金色的彩車，降臨人間世。我們將同伸慈愛的雙手來迎接他，以愛和呵護替代打罵和懲罰，以父母的身教和言教，做爲他學習的榜樣，以一切的愛心和苦心換取他的成長。我們期待著，衷心地等待著——

一個小生命的降臨………………。

第二十五章

人與神之間往往存在著微妙的因素
有人在神前求取精神上的慰藉
有人在神前懺悔
祂雖然不能控制人
卻是萬物之靈的人類所供奉
⋯⋯⋯⋯

新屋在阿弟一伙以專業和熟練的工作效率下，日夜趕工完成。無論是地基、磚牆、木樑、灰瓦，都以牢固爲第一。水泥泮沙的比例，也做了一些調整，木料也先刷過柴油，以防止白蟻的侵蝕。俗語說：隔行如隔山，我並沒有刻意地去監工，要求這，要求那，完全交由阿弟全權處理。當然，他也沒讓我失望，完全符合我們的構想。我們也利用工餘，談談以前，談談過去，談談他目前的家境和生活狀況。的確，他的養父母始終把他當成自己的子嗣，疼愛有加。雖然沒有繼續升學，但卻學會「做土水」的本事，在這個現實的社會，只要一技在身，勤儉奮發，養家活口絕無問題。因而，我爲他高興，也爲他慶幸；但也必須提醒他，對養父母要侍之以孝，待之以禮，以報答他們的養育之恩，相信他能做到，也能身體力行。

經過研商，我們決定以三分之二的店面經營小吃，以三分之一的空間兼營日常用品，並以《志明商店》的名稱申請營業執照。一方面也雇請木工裝釘陳列架，添購必需品，雖然對日常百貨較陌生，但我們計算出合理的利潤，貼上價目表，讓顧客一目瞭然，不會有受騙或上當的感覺。

我們滿意自己的構想和計劃，加上阿弟與堂哥從旁協助，一切進展都令我們倍感滿意，也充分發揮手足之情、同胞之愛的互助精神。

我買了一罐紅色的油漆，以武大哥傳授給我的鋼板字體，在阿弟刻意爲我砌成的截水牆上，描下《米粉嫂仔小吃》、《三八兵日用百貨》幾個醒目的紅色大字。美鳳看呆了，也看傻了眼。

「阿明仔，汝變即个是啥米齣頭？」

「美鳳仔，汝唔知啦，即个是廣告，唔是齣頭，《志明商店》字袂醒目，米粉嫂仔配三八兵，好唸，好記，閣好笑，保證生意跟汝米粉嫂仔尙時來。」

「講起來也是有影。做生意愛有生意頭腦佮撇步，」她淡淡地笑笑，而後提高了嗓門，「阿明仔，從汝退伍以後，閣卡親像一个三八兵，歸身軀攏總三八，竟然想出即種三八齣頭！」

「汝唔通看我空空，人兮命運真歹講，有時三八自有三八福。汝米粉嫂仔配我三八兵，是天註定，、即陣想要後悔，已經相晚啦！」我笑著說。

「三八，」她白了我一眼，一抹美麗的彩霞掠過她的唇角，「我講袂贏汝啦。」

「米粉嫂仔小吃，三八兵日用百貨。」我指著上面醒紅的大字唸了一遍，而後對著她，「汝講，我唸起來有對句嘸，有好聽嘸？」

「有，有，有，啥人唔知阮尪真勢。」她得意地，隱含著一絲兒嘲笑。

「免歐佬啦，」我把她的話頂回去，「嘜叫我三八兵，阮著真感謝啦。」

「好。」她肯定地，「以後唔叫汝三八兵。」

「叫啥米？」我問她。

她沈默了一會兒，靜思地一想，還沒出聲，卻先笑了出來。而後急速地說：

「空兵！」

「啥米？」我假裝沒有聽懂，「汝叫我啥米？」

「空兵。」她高興地笑著。

「空婆！」我含笑地回應她。

「汝要知死啦，」她握住拳頭走近我，在我面前比畫了下，「汝即个唔知死活兮空兵，竟然叫我空婆。」

我輕輕地把她的手擋開，笑著說：

「美鳳仔，汝唔通動跤動手，三八兵配米粉嫂是天賜良緣，空兵配空婆是前世註定，顛來倒去，倒去顛來，咱二人攏是寶一對，汝講有理嘸？」

「人講嘴唇薄勢講話，今仔日才領教汝兮厲害。我孫美鳳向汝投降，承認講輸汝。」

「認輸著來講條件。」我打趣她說。

「講啥米條件？」她盯著我，「講來講去，攏是汝兮三八話。」

「汝家已承認輸兮，嘜牽牽拖拖，講彼五四三兮話。」

「啥米條件？乎汝開嘴。」

我笑著，神祕地笑著，始終開不了口。

「男子漢，大丈夫。堂堂七尺二兮三八兵，講起話是吞吞吐吐，龜龜毛毛。」

「我是歹勢講喔，汝唔通逼我。」我賣著關子。

「緊講啦。」她急迫地跺著腳。

「既然輸啦，今暝汝著做馬乎我騎。」

我伸了一下舌頭。

她急速地擰了我一下。

「空兵。」她又擰了我一下，「真袂見笑。」

我們相視地笑著，也笑走了連日的緊張和疲勞。簡短的言談，輕鬆的對話，讓我們的生活充滿著喜悅和愜意。

所有的裝潢和採購都已告一段落，營業執照亦已核發下來。我們沒有經過擇日，決定在禮拜天，部隊休假時開張。只要生意好，天天都是吉日和良辰。阿弟準備了一串鞭炮，我啓開了店門，霹靂叭啦的鞭炮聲也同時響起。而後陸續有客人上門了，有的好奇來看熱鬧，有的選購一些日常用品，新手經營，物品種類又多，的確讓我們忙得團團轉。美鳳則在另一邊，負責小吃部的生意。一股股香噴噴的滷味香，不停地飄來，雖然尚未達到進餐時刻，但事前妥善的準備，比任何工作都重要；倘若客人進門，再來剖蔥洗菜，滷屠體，泡小菜，已是遲了一大步。幸好，在小吃這部分，我們都是沙場老手，做起來駕輕就熟。我們也有很好的默契，適時相互支援，不需要把工作分得太精細。雖然忙碌，但心情卻是愉快的。我們也真正嚐到創業的甜頭。幾天下來的營業額，與裝校相比，毫不遜色。或許，好的開始，就是成功的一半。只要我們秉持著勤儉刻苦的創業精神，努力不懈，雖不能在短時間「發了」，但至少，我們會採擷到應得的果實。

爲了方便採購，阿弟爲我們物色到一輛性能不錯的中古機器三輪車，一切的操作比起戰車簡單多了，它所承載的，無論是蔬菜、雞鴨、五金、百貨、飲料、酒類，都足夠我們一日所需，在時間上，也易於掌握和控制。因而，它十足地成爲我們的好幫手，分擔了我們肩頭上的重擔，也成爲我們外出代步的交通工具。

阿弟的「土水」工作較不穩定，有時日夜不停地趕工，有時則是好幾天沒工做。他的養父母非常明理，從未阻擋他與我們來往，反而要他在暇時過來幫忙。在這個封建而自私的社會裡，的確是少見。我們除了感動，也把這份親情深藏在內心裡。每逢年節，美鳳會備些滷味，買隻雞，買幾斤豬肉，讓他帶回家。雖然只是聊表我們的心意，但在他們的眼裡，卻是難以消受之盛情大禮。這與家鄉純樸的民風民情，息息相關。兄弟間相互扶持和幫助，或許是應該的，客套反而造成內心的不安。我能理解多數鄉親的想法。

美鳳似乎消瘦了一些，早起晚睡，三餐不定時，加上繁忙的店務，但卻從未說聲苦，喊聲累。每天從事的都是一樣的工作，沒有休閒的時間。過的彷彿是一種單調乏味的機器人生活。然而，她始終沒有怨言，除了善解人意，與鄰居相處，對待親堂長輩，更有獨到之處。她待人以誠，待之以禮。每遇鄉里間的婚喪喜慶，更是放下身邊的工作，主動而積極地去協助，去幫忙。

「恁看明仔伊家內美鳳仔，免妝嘛是水，骨力勤儉勢做人，親像即款查某真少。」種嬸仔說。

「汝看伊在做生意，對人親切有禮，炒兮菜料最，煮兮米粉俗閣大碗，彼飫鬼兵仔一个一个呷仔笑咪咪。」財嫂仔說。

「阿明仔頭腦也是袂歹，忠厚閣打拼，尪仔某做生意攏嘛嗄嗄叫。要賺三幾塊銀仔真緊。」水吉嫂仔說。

「做生意嘛唔是彼呢簡單，彼呢快活，那無三二步七仔，彼碗米粉呷起來，也是無味無素，唔通認爲兵仔飫鬼，嫌東嫌西兮人真最。聽講美鳳仔伊厝卡早就是做呷兮生意，米粉是伊厝兮招牌，無管炒、煮，有獨家兮口味。別人無法度學。」種嬸仔說。

「著，我嘛有聽人講：恁那是有去伊店，攏嘛有聽到，彼夭壽兵仔，大聲細聲叫伊米粉嫂仔。」財嫂仔說。

「我嘛捌聽阿明叫伊米粉嫂仔。」水吉嫂笑著說。

「但是美鳳仔也回伊三八兵。」

「伊二人感情真好，親像即款少年人真少。咱目睭所看兮，相罵比相疼兮卡最。唉！」種嬸仔嘆了一口氣，「順仔無路用，夭壽玉仔歹仔臭青哏，啥米攏是命。好加再，囝仔爭氣，捌想。阿明也有家口，生意做仔穩當當，阿雅大學嘛要畢業啦，伊也是咱厝頭一个讀大學兮查某囝仔。」

我不只一次地聽到厝邊頭尾嬸姆兄嫂對我們的誇耀，然而愈是「歐佬」，愈要努力，愈要拿出亮麗的成績。相信我們能，能把初創的事業邁向一個新的里程碑。雖然不能光宗耀祖，但我們兄妹並沒有得到祂們的庇蔭，依靠的是我們的智慧，是我們的血汗，日以繼夜，一點一滴累積下來的。倘若自己不奮發，不勤儉，燒再多的金銀紙錢，默念再多的禱辭，供桌上的諸神，依然是靜靜地排列著。因爲祂們只是一個沒有生命的木製品，並非靈魂或神魂的化身。當然，人與神之間往往也存在著微妙的因素：有人在神前求取精神上的慰藉，有人在神前懺悔，有人不信這一套，完全憑著自身的意識來定奪。祂雖然不能控制人，卻是萬物之靈的人類所供奉，甘於下跪來膜拜，甘於叩首，叩首，再叩首⋯⋯⋯⋯。

第二十六章

屋內的氣氛已由歡樂變爲凝重
這不就是親情的流露，心與心的再交集嗎？
雖然我們因家的變故而短暫地分離
但在漫長的人生歲月裡卻再重聚
不知是命運的愚弄
還是因此而永不再分離……

阿雅來信說，今年將回金門與我們共渡春節。這也是她離鄉十餘年後，第一次再踏進家門。故鄉對她來說，是一個陌生的新境界——它已隨著歲月的消失而改變。當年，她是在烽火連天、硝煙密佈的苦難時期裡遠離。那時，阿爸阿母仍健在，我是以攤牌的方式，爲她爭取到赴臺升學的機會。雖然是異父異母，但當我們懂事後，卻建立起一份情同手足的兄妹之情。資助她的學費，關心她的成長，都是我該做的，怎能那麼庸俗地、現實地要她將來回報我什麼？

我駕著機器三輪車，在露天的車廂裡擺了一張小板凳，依規定除了駕駛，只能搭乘一人。或許那是載運貨物時的捆工，相信阿雅是不會計較的。至少它方便又省錢，氣派只能顯耀一時，與實際人生落差很大。迄今我們依然沒有忘記，是在一個什麼時代，什麼環境下成長的；砲戰前與砲戰後，十餘年前與十餘年後，彷彿是生活在夢裡，彷彿是兩個截然不同的極端：以前是不幸的，現在是幸福的。無論衣食住行，都與昔日不可相提並論。只要辛勤耕耘，鄉村間似乎也沒有什麼貧富之分，總而言之，家家戶戶吃得飽、穿得暖，抱著「撿死鱟」的發財夢，是不實際的。

料羅灣已擴建成軍艦能靠岸的深水碼頭，不必等漲潮，不必搶灘。我把車停在港警所外的木麻黃下，遠望著軍艦緩緩地進港、靠岸。目睹扶老攜幼的鄉親提著行李下船，而後快步地走向港警所旁的空地，排隊等候安全檢查。

我已在人群中發現了阿雅。她穿著一件棗紅的呢大衣，長長的髮絲任風輕飄，雙手提著的行李，似乎很笨重地讓她微彎了腰。我快步走到哨兵監視的鐵絲網旁，她的身影已在我眼簾的不遠處。

「阿雅。」我揮起手，高聲地叫她。

她放下行李，舉頭張望，終於向我揮著手。

「阿兄。」我看見她喜悅的笑容。

「我踮即位等汝。」我指著站立的位置說。

她含笑地點點頭。

久久，她從港警所的大門走出來。剛才喜悅的笑容已不見，衣物也蓬鬆地露在旅行袋外。我已深知是被聯檢人員，一件都不放過的檢查結果。在一位受過高等教育的知識分子來說，這不僅是侮辱，也是對人格的一種傷害。然而，我必須告訴她。

「阿雅，汝唔通氣。即款代誌在咱即个所在是真正常兮。」

「阿兄，汝唔知，」她依然氣憤地，「伊將我兮行李翻仔亂糟糟，阮朋友要送汝兮一矸洋酒，嘛乎伊扣去。」

「袂要緊啦。林先生兮心意，阿兄記在心肝頭。咱將行李搬來去車頂，重新整理整理。」

「真衰，睹著猾狗。」

「嘜閣受氣啦。」我幫她提著行李，「歡歡喜喜回來過年，免參彼猾狗計較。反正咱百姓攏無理，彼憨兵仔呷飽飽無代誌，暝日憨想要反攻大陸，倘去大陸做官，即陣無乎咱金門人一點仔面色看看，在咱面頭前要耍威風，要等啥米時陣。」

她笑了。

初見面時的喜悅，又浮現在她青春美麗的面龐上。

「阿兄，」她關心地問。「阿嫂好嘸？身軀有勇勇嘸？」

「好啦。無啥米大病痛，跤酸手酸有啦。講實在話，店內生意袂歹，操勞是難免；收店了後，躺落眠床，攏唔知天地幾斤重，睏仔親像死豬一隻。」

「親像阿嫂彼呢賢慧兮女性真少，是咱兮福氣。」

「人，有時愛相互尊重，唔通烏肚番。自阮相捌到結婚，從來無大小聲相罵過。有時伊忍，有時我忍，日子過了真順勢，真快樂。」我坦誠地告訴她。突然，我想起，「汝佮林先生兮感情，應該無啥米問題啦。大學已經讀畢業，頭路也有啦，阿兄等汝通知，隨時準備來臺灣給汝主婚。」

「伊厝兮時大人有提起，但是我坦白對伊講：我從細漢到大漢，攏是阮阿兄一手牽成帶大，即項代誌，我家己袂做主，愛經過阮阿兄點頭。」

「汝對阿兄兮尊重，我知影。恁二个不但是同學，也是同事，逗陣真最年，瞭解嘛真深，雖然無父母倘替咱做主，但是阿兄會尊重汝兮選擇。到時陣，咱絕對袂拿伊半角銀仔聘金，訂婚兮喜糖，咱家己買來請人呷，面前頭尾恁阿嫂捌真最，伊會替汝準備。雖然咱無樓仔厝，也無百萬倘乎汝做嫁妝，但是袂乎汝相歹看，即點汝安心啦！」

「阿兄，卡早阿爸阿母留落來兮錢，汝攏寄來臺灣乎我讀冊，高中到大學，汝嘛經常寄錢乎我用，即陣我冊已經讀畢業啦，頭路嘛有啦，阿兄阿嫂兮好意，我即世人會記條條，但是無論如何，袂使閣用阿兄兮甘苦錢。」

「好啦，咱緊走，到時陣再閣講。」我說著，把她的行李放在車上，「汝唔捌坐過即種車，著嘸？」

「頭一遍。」她笑笑。

「即款車兮避震卡差，咱厝兮路閣歹，跑起來會跳，汝著坐乎好，拎乎在。」

「阿兄，我大漢啦，唔是囝仔，安心啦。」她笑著。

「阿兄用即頂破三輪車來載汝，汝會感覺真委屈，真沒面子袂？」

「咱兄妹兮感情是無話倘講。今仔日阿兄汝是疼我，看我有起，才會來這叩叩等，來這吹海風，吹仔雙盼耳仔紅光光。」

是的。她已長大，已能體會出爲兄的所做所爲。昔日離鄉的黃毛丫頭，今日歸鄉，已蛻變成一隻美麗的鳳凰。另日，或許將身揹著小娃娃，回呀回娘家。相信這是不久就能成真的事實。

她沒有坐在我為她準備的小板凳，而是坐在我旁邊的工具箱上。刺骨的寒風，馬達的噪音，沿途我們都默不出聲。她瀏覽著久別的浯鄉風光，我則專心當個駕駛人。然而，當我把車停在家門口，她卻顧不了車上的行李，往下一躍，高聲地喊著：

「阿嫂，阿嫂。我到啦，我到啦！」

美鳳快速地迎出來，高興而尖聲地叫了一聲：

「阿雅。」

只見她們二人，緊緊地握住手，握住一份無所取代的姑嫂之情。久久，久久，初見時的激動，已化成雙眼的微紅。

「緊入內，阿嫂煮麵線乎汝呷燒。」美鳳牽著她的手，深情地說。

「阿嫂，汝先去忙，我袂寒嘛袂飫。我來去車頂拿行李。」

「汝看，恁阿兄已經拿來啦，咱入內。」

我們親眼目睹這個現實的社會，有多少姑嫂失和，有多少兄弟姊妹反目成仇。雖然我們兄妹同在一個不幸的家庭中長大，但卻出自兩個不同的體系，是否因此而讓我們更珍惜這份親情。姑嫂的情誼亦如同姊妹，這不僅是我樂意見到，也是終身難以忘懷的美事。

「美鳳仔，」我提著行李，環顧了四周，「阿弟有來嘸？」

「有啦，在店內逗跤手。」

「緊叫伊來見阿雅。」

阿弟聞聲，從廚房走出來。

「伊是啥人？汝會記袂？」我興奮而高聲地指著阿雅問他。

他靦腆地笑笑，而後說：

「阿姐。」

阿雅走近他，高興地拍拍他的肩。而後轉向我：

「阿兄，汝會記兮袂，阿弟細漢時，臭頭爛耳，顧人怨。險乎阿母用掃帚頭打死。汝看，伊即陣，漢草彼呢好，變成一个緣投英俊兮少年家。」她說著，再次地拍拍他的肩膀。

「俗語話講，三年無死成大人，今仔日咱三个兄妹攏成大人啦。而且在咱家已兮厝內團圓，我實在是真歡喜，真想要流目屎。」我說著，說著，眼眶似乎有淚珠在蠕動。屋內的氣氛已由歡樂變爲凝重，這不就是親情的流露、心與心的再交集嗎？。雖然，我們因家的變故而短暫地分離，但在漫長的人生歲月裡，卻再重聚，不知是命運的愚弄，還是因此而永不再分離………………。

第二十七章

每當我想起慈祥的阿娘
再想起狠毒的阿母
悲就從心中來
《母親您在何方》這首歌
才能眞正展現我吹奏的功力
只因爲它溶入了我誠摯的思母情懷
…………

年關已近在眉梢，阿雅回來後，隨即投入內部的大整掃。新屋舊厝，沒有放過任何一個地方，甚至連供桌上的諸神，也一一請出來，擦拭後再排列。廚房的餐具，桌上的餐巾，都重新洗滌舖陳，百貨架上也重新整理歸類，貼上價目標籤，簡直忙得昏頭轉向。然而，她絲毫沒有倦容，或許青春就是她的本錢，勤奮才能在這個多元化的社會立足。這裡也是她的家，滿屋都散發著親情的芬芳。雖然沒有雙親做依靠，但雙手創立的家園最珍貴，兄妹的深情也最溫馨。

我們決定從除夕起到年初五止，休息六天。今年也將過一個不一樣的年。阿弟或許在家忙著，好幾天不見蹤影。

「阿兄，真最日無看到阿弟，汝有叫伊來咱厝過年嘸？」阿雅關心地問我說。

「咱袂使按呢做，伊是咱兮親小弟，無唔著；但是已經乎人做囝，雖然伊兮養父母真開通，大年大節咱袂使留伊，乎伊全家過一个快樂兮新年。」

「是啦，阿兄，汝想兮無唔著。」

「但是，阿雅，」我笑著，聲音略大了一點，「阿兄給汝交待，有一日汝那嫁尪，每年兮正月初二著揹雞跤粿來做客。雖然無父母倘孝敬，但是，阿兄會代表接受。」

「阿雅。」美鳳盯了我一眼，「嘜聽恁阿兄講三八話，路頭彼遠，渡船過海，為著揹雞跤粿，我相信恁阿兄呷袂落嘴。」

「佮伊滾笑啦，目的唔是想要呷雞跤粿，是叫伊唔通袂記咱厝，愛常常回來。」

「袂啦，我永遠攏會記兮家己是金門人，只要有時間，我會經常回來看阿兄、看阿嫂、看阿弟，絕對袂彼呢無天良，一去不回頭。」

「三八兵，」美鳳笑著，「阿雅兮答覆汝有滿意嘸？」

「米粉嫂仔，」我也好笑地，「今年拜祖要準備三牲，加煮幾項仔菜，咱歡喜過年，祖公歡喜呷飽。阿雅愛跪落加拜幾拜，才會保庇嫁好尪。」

「阿兄，我會跪落拜，保庇阿嫂緊生囝仔，倘乎我做阿姑。」

「緊仔啦，新年下冬，咱攏要升級啦，」我看看美鳳，看到她頰上的一抹微紅。

「阿嫂，」阿雅轉向她，拉起她的手，「恭喜喔，幾月日啦？」
「才二月外日，還早耶，新年下冬兮代誌。」
「愛記兮啦，唔通相操勞，粗重兮乎阿兄做。真最代誌歹講，家己愛細利。
」她不斷地叮嚀著。
「感謝啦，阿雅。有汝即个好小姑，我真歡喜嘛真福氣。講實在話，細漢在厝有父母兮照顧，大漢嫁尪，有尪婿兮疼惜，世間無人比我卡幸福兮。」
「阿嫂，我回家兮即幾日，無管是莊頭莊尾，厝邊嬸姆，對汝兮做人處事，對汝兮熱心慷慨，攏是再三兮歐佬，聽在耳空內，我即个做小姑兮，感覺真榮幸，真有面子。」
「唔是我勢啦，是大家兮疼惜。」
「那無勢，袂得人疼。卡早阮阿母苦毒阮兄妹，歸鄉里大大細細，無一个無嫌伊，無一个看伊有倘起。今仔日，親像人間世在輪迴：去一个人人嫌兮阿母，來一个人人歐佬兮勢媳婦。」她說著，卻轉向了我，「阿兄，汝講有影嘸？」
「阿雅、咱兮心情攏尙款，有時想起來會目屎流。加再咱家己爭氣，才袂乎人看衰。」

「過去兮代誌著乎伊過去。」美鳳柔聲地說，「無定著伊是對咱一種試探佮考驗。昨暝兮眠夢已經散啦，未來兮人生大路還真遠，愛堅強才走會落去，走會到位。」

「著啦，阿嫂講了真著。」阿雅展現出笑容，而後拉著我說：「阿兄，咱緊來去寫門神，汝寫我貼。」

「我寫汝貼？」我重複她的語氣，看看她，「汝有講唔著嘸？」

「無唔著。阿兄，汝兮毛筆字水閣有力。」她的語氣堅定。

「汝嘛親菜講講耶，大學生唔寫，叫我即隻青暝牛來畫符。」

「嘜啦，嘜啦，嘜固謙啦。」美鳳笑著，「啥米人唔知武大哥教汝寫一手水字。」

「先講好，我練兮是于體，于右任老先生教我寫兮是草字，貼出來乎人看無，唔通怪我！」

「三八兵，愛假仙！」她白了我一眼，「紅紙黑墨佮聯筆攏在桌頂，緊去寫。」

阿雅哈哈大笑。歡樂喜悅的笑聲，盈滿著這個無父無母、兄嫂支撐的家庭。

是的，我能寫，幾年的「從軍報國」生涯，在武大哥費心的調教下，無論是鋼筆字、毛筆字、鋼板字，雖不是頂尖好手，但也差強人意；何況只是寫春聯，並非參加比賽。

我疾筆寫下：

米粉嫂仔米粉香　好呷唔免加油蔥

三八兵仔笑咪咪　一碗一碗直直添

「阿兄。」阿雅高聲地笑著，「即付門神那貼出去，會乎人笑死！」

「汝唔知，兵是阿兄當過來。彼兵仔每日出操、打坑道，生活無聊閣苦悶，寫二句笑話，乎伊歡喜歡喜耶，比啥米閣卡好。唔信，汝試看嘜！」

「阿雅，恁阿兄呷幾年兵仔飯，將軍中彼套定定記在頭殼內，咱嘜管伊。即間店兮頭家是伊，乎人笑嘛是笑伊，參咱無關啦。」美鳳雖然如此說，但我隱約看到她唇角展現的是一絲滿意的微笑，臉上露出的是一個誠摯的笑靨。

當這付對聯貼出來，相信我們得到的是掌聲，而不是噓聲；因爲我太瞭解兵仔的心理。

大年初一一大早，我們依習俗以米飯和長壽菜祭拜祖先，九點不到，一陣陣鑼鼓聲、鞭炮聲相繼地傳來，舞龍舞獅的隊伍接二連三地來到。

「米粉嫂仔，砲一連來向恁拜年啦，恭喜新年發大財！」

隨即是一陣咚咚鏘、咚咚鏘，以及砰砰砰砰的鞭炮聲。

「阿明仔，」美鳳興奮而尖聲地叫著我，「砲一連兮獅隊來拜年啦，緊去包紅包。」

「我透早起來著給汝拜年，汝宰樣無包紅包乎我？」我打趣她說。

「嘜滾笑啦，緊去包啦。」她緊張地。

「汝安心，彼隻獅無咬著紅包，伊袂走。」我頓了一下，又說：「包百二有夠嘸？」

「小氣鬼，大年大節包百二。」她說著，提高了嗓門，「包二百四啦！」

咚咚鏘、咚咚鏘、咚咚鏘鏘、咚咚鏘

砰砰砰、砰砰砰、砰砰砰砰砰、砰砰砰

「米粉嫂仔，高砲連來向恁拜年啦，恭喜恁新年快樂，萬事如意！」

「阿明仔，緊去包紅包。」她呼喚著我。

「二百四有夠嘸？」我笑著問。

「有啦，有啦。緊去包啦！」

「小氣鬼，大年大節包二百四，高砲連攏是咱兮老主顧。」我仿著她剛才的口氣笑著說。

「三八兵，汝唔通給恁某裝猾。」她狠狠地白了我一眼，「看到汝即个空兵，好氣也好笑。」

咚咚鏘、咚咚鏘、咚咚鏘鏘、咚咚鏘

砰砰砰、砰砰砰、砰砰砰砰砰、砰砰砰

「米粉嫂仔，步三營來向恁拜年啦，恭喜恁新年快樂，大吉大利，明年生雙生！」

「美鳳仔，我看即聲無包千二是袂散耶，步三營即尾大龍，唔是滾笑兮，龍頭龍尾攏是福，明年一定生龍囝。」

「包千二，生龍囝，攏是明年兮代誌啦。緊去包，二百四老規矩，嘛袂相寒酸。」

咚咚鏘、咚咚鏘、咚咚鏘鏘、咚咚鏘

砰砰砰、砰砰砰、砰砰砰砰、砰砰砰

「報告分隊長，戰車營來向恁拜年啦，恭喜恁新年快樂，添丁閣發財！」

「美鳳仔，緊去包紅包，汝擮無看著，阮戰車營兮老戰友來啦，店口彼頂戰車，面頂嘛有機槍佮大砲，閣有旱船，有踏蹺，有猴地天，有豬八戒，有唐僧，比步兵營，比高砲連鬧熱真最，紅包包卡大个耶，千二著有夠啦！」我笑著說。

「空兵，看著戰車營彼兵仔，歡喜仔唔知家己姓啥米。拖仔內兮錢攏包了了啦，我身軀嘛無半箍，汝緊去想辦法。」她故意耍我。

「好啦，既然無錢倘包紅包，我來去揹十打燒酒送伊飲，乎伊每一个人攏醉茫茫。」我移動著腳步。

「免想，店內兮燒酒年內攏賣光光，春二矸嗨頭仔紅標米酒，我唔信汝揹會出去。」

「美鳳仔，汝唔知，阮營長看著米酒頭仔，親像生命，伊盡愛愛即味，真合伊兮胃口。」我說著，快走了幾步。

「嘜裝空裝憨閣假仙，紅包在這，緊拿去。」

我快速地轉回頭，拉起她的手，拉起一雙溫暖而幸福的手。我們擁有的不只是。這片曾經為我們賺取錢財的店面，從四面八方伸出的友誼之手，才是我們此生最大的收穫。

今晚雖然是除夕已過的年初一，但我們兄弟姑嫂才真正聚在一起大團圓，每人都有滿懷的感慨，不一樣的心情：美鳳遠嫁金門，阿雅返鄉探親，兄弟久別又重逢。美鳳在阿雅的協助下，備了好幾道菜，在飲下好幾杯烏梅酒的同時，我突然想起了武大哥，想起他送我的那支笛子。當然，我永遠也吹不出那首隱藏著思鄉情愁的《白雲故鄉》，只能吹奏一些無名的小調。但我發覺在夜深人靜的時候，幽揚悽美的笛聲，有時直教人倏然感傷……。

「阿兄，汝歸埔憨神憨神，在想啥米啦。」阿雅為我夾了魚，夾了肉，「菜呷卡最耶，燒酒飲卡少耶。」

「恁阿兄兮心，在戰車頂啦。」美鳳端起杯，笑著說：「阿雅，阿弟，咱三人敬分隊長一杯。」

「感謝啦！」我一飲而盡。

「三八兵，汝是要飲乎醉咧！」美鳳關懷地說。

「袂啦，我袂醉。今仔日我真歡喜，阿雅，阿弟恁嘛有看著，一陣一陣兮龍隊獅隊，攏來咱店拜年，乎咱鬧熱喊喳。伊唔是要來討紅包，是看咱有倘起。」

「從即項代誌來看，不但咱店兮生意經營了成功，阿兄阿嫂兮做人閣卡成功。」阿雅說後，看看阿弟，「阿弟，咱二人敬阿兄阿嫂一杯，感謝伊對咱兮疼惜。」

「來。」我舉起杯，「大家來飲一嘴。」我沒有飲一嘴，而是乾下滿滿的一小杯。

「阿明仔，減飲二嘴，酒醉是真甘苦。」

「我袂醉啦！美鳳仔，汝安心。」實際上，我的頭已有些昏。「唔知宰樣，飲到烏梅酒，我就會想起武大哥。想起伊思念故鄉彼款痛苦兮表情。當我回金門，竟然將伊彼支心愛兮品仔送我。稍等耶我吹乎恁大家聽。」

「品仔看人吹。有時愛有親身兮體會佮感受，有感情的音韻，才會感動人；無感情兮品仔聲，親像猶貓在哭，卡勢吹嘛歹聽。」美鳳說

「阿嫂，阮阿兄有經常吹乎汝聽嘸？」阿雅問她。

「吹兮好嘸？」阿弟也接著問。

「品仔聲我唔捌聽過，猶貓聲著有啦。」美鳳笑著回應。「講實話，我真欣賞伊吹兮彼首《母親您在何方》，功力有夠，感情也有春。伊講當伊吹即首歌兮時陣，想兮是阿娘唔是阿母。有時吹過目眶會紅，有時會流目屎。」

他倆聚精會神地傾聽著。是的，雖然阿娘的影像已糢糊，然而每當我想起慈祥的阿娘，再想起狠毒的阿母，悲就我心中來。《母親您在何方》這首歌才能真正展現出我吹奏的功力，只因爲它溶入了我虔誠的思母情懷。每當我吹起——

雁陣兒飛來飛去

白雲裡經過那萬里
可曾看仔細
雁兒呀　我想問你
我的母親可有消息
秋風那吹得楓葉亂飄蕩
嘘寒呀問暖
缺少那親娘母親呀
我要問你
天涯茫茫你在何方
明知那黃泉難歸
我們仍在痴心等待
我的母親呀等著您
等著您　等
您入夢來

兒時的情景似夢般依稀
母愛的溫暖永遠難忘記
母親呀我眞想您
恨不能夠時光倒移
…………

吹完後，我的情緒很快地跟著失控，盈眶的淚彷彿決堤的河水，由臉上流向心中，流向記憶的深遠處…………。

第二十八章

崎嶇的山路已替你鏟平
滿佈的荊棘已爲你斬除
橫流的溝渠也已架上了便橋
孩子
衷心地盼望你平安地來到
我們將同時擁有——
一個幸福美滿的家庭……

年過了。

一切恢復了正常。

美鳳的腰圍也一天天變粗，腹部也一天天地隆起。店裡繁瑣的雜務，繁忙的店務，依舊讓我們忙得團團轉，依舊讓我們找不出休閒的時間。雖然我盡量地讓她在日用品這邊工作，但許多貨品卻是擺放在比人高的架子上，萬一不小心，萬一有讓人料想不到的狀況發生，我們將如何來面對。但也不能因她的懷孕而暫時地歇業；唯一的防範，就是二個極其簡單的字──「小心」。其他還能做什麼，還有什麼更妥善的辦法，可以讓她平安地生下我們夢想中的小寶寶。

天，有時是不從人願的。當人的期盼愈高，渴望愈強烈，往往帶給我們的是失望、沮喪，而不是希望和喜悅。當然，我們也不能因此而怨天尤人。她上次的流產，也可做爲我們此時的借鏡，只是迄今，腦裡依然是一片渺茫，始終思索不出妥善的因應之道，一切就回歸於自然吧。

阿雅男朋友的家裡，已正式寫信來提親，但限於規定，他們並不能因此而獲得警總的出入境證，來金門訂婚；我則因店務繁忙及美鳳有孕在身，不便遠行。

況且當事人都在臺灣，訂婚也只是形式，並沒有法律上的保障。在取得阿雅的諒解後，我們依習俗為她寄去「紅麴」、「白麴」、「棉尾」、「大麥」、「春粟」、「犁頭銼」、「冬瓜排」、「桔餅」、「苧」、「木炭」，另外，「芋頭」、「韭菜」因恐郵寄腐爛，要她就近採購，總共為十二項。同時寄了一筆錢，由她購買「西裝」、「領帶」、「襯衫」、「手帕」、「領帶夾」、「皮包」等六項，贈於新郎。這些是女方必備的物品，雖然化費不多，但絕不能失禮；況且，我已對阿雅承諾，不會收取一分一毫的聘金，分贈親友的喜糖，亦由我們自行購買，這是我能做到的。一待她們要結婚，我們亦已準備好一份小小的嫁妝，相信她會滿意，也能體會出兄嫂的心意。

「好摒喔，阿明仔伊小妹阿雅今仔日送訂，送即包糖仔，尙少有三十六粒，唔捌看過人送彼大包兮。」

「聽講無拿人聘金，嘛無收吃茶禮，糖仔嘛是伊家己買來送兮。」

「查埔盼是臺南人，伊厝真有康！是有錢人兮囝。」

「查埔囝仔是阿雅兮同學，規規矩矩，唔是歹囝。」

「兄妹攏有福氣啦。一个娶臺灣，一个嫁臺灣。美鳳仔兮賢慧眾人知，阿雅也找著好尪婿，人兮命實在真歹講，細漢兮時陣，乎夭壽玉仔苦毒仔叫唔敢，即陣大漢啦，嘛出頭天啦！」

我與美鳳親自挨家挨戶送上阿雅訂婚的喜糖，無數的恭喜聲在我們耳際迴響，我們也同時聽到鄉里鄰人對我們的誇讚。阿母的惡名卻依然在他們的腦海裡長存。他們不但關心我們的成長，也關心我們的幸福；童時的不幸，長大後已獲得彌補，我們已沒有任何理由來怪罪蒼天的不公，且讓一切隨緣吧。

阿雅雖然訂了婚，但婚期未定。

美鳳雖然懷了孕，但產期未知。

但願兩件喜事在時間上不要有所衝突。因爲我已向阿雅承諾要親自赴臺替她主婚。一旦美鳳生產，又必須由我來照料，有時想起，我會暗中祈禱，但願每樁美事都能順我所思，好讓我面面兼顧，實現諾言，同時迎接一個小生命的來臨；果真如此，方能順我心，合我意；倘有不能，將讓我遺憾終生。雖然阿雅對我非常尊重，一旦男方擇定了婚期，自認爲有理的推辭或婉拒，往往變成無禮的阻撓，好好的親家因一點芝麻小事而反目成冤家，這是我不願意見到的。

清明過後是端午。

端午過後是中秋。

人永遠跟時間在賽跑。然而，跑輸的依舊是萬物之靈的人類。只因爲它不能讓失去的時光又復返。

秋天，的確是一個秋高氣爽的好季節。滿山遍野都是金黃色的一片片，只有屋後的老楓樹，掉落一地迷人的紅葉。然而，我們只是凡間一個庸俗的小商人，所知的是粗俗的好看與不好看，賞美對我們來說，是太沈重了一點。有時反而討厭它落地後，隨風又亂飄，有時雖然隨興撿起火紅的一片，但始終感覺不出它美在何方，只不過是落葉一片。

日日夜夜，機器般地忙碌，我與美鳳談的似乎只有日常的生意話，一到晚上，心想的是明早到市場要進什麼貨？小倆口間的悄悄話，不知是否因她有孕在身而減少了，還是因她隆起的腹部，克制著我們青春的慾火，讓熱情讓激情一併降溫。有時卻也難忍，當我的情緒和動作有了逾越的舉動……

「閣來，閣來。三八兵汝實在唔驚死。」她提出警告地說。

「美鳳仔，我實在凍袂條啦。」我似乎在哀求她，讓我達到某一方面的目的。

「卡忍耐兮，免閣多久，等咱兮囝仔生出來，滿月過，汝愛宰樣，我攏會配合汝啦。」她安慰我說。

「看汝腹肚彼大个，我也是唔甘乎汝甘苦。那會生雙生，生一胎龍鳳胎，唔知有多好。」

「嘜貪心啦，那會平平安安生一个健康兮囝，我就真滿足啦，而且咱攏少年，唔是七老八十，無管先生查埔，還是查某，攏是咱兮心肝寶貝囝。阿明仔，汝講我兮想法著嘸？」

「著，人講有查埔著有查某。只要會生，伊會先後來到人間。」我肯定地說。

「阿明仔，咱回金門真最冬啦，嘛賺袂少錢。阿雅是一个真捌想兮小妹，伊對哥嫂兮尊重、尊敬，實在乎我真感動。咱愛記兮，有一工伊要結婚兮時陣，咱唔通相寒酸，除了面前兮金器，一定愛寄一筆錢乎伊做嫁妝。」

「美鳳仔，我嘛是有按呢想，父母早死，小弟小妹攏愛哥嫂來牽成。錢是人賺兮，有人就有錢。咱攏袂將金錢看相重，即个也是咱尪仔某兮共同處。我會充分尊重汝兮想法，即項代誌乎汝來打算，來做主。」

「講實話，那時機無變，咱兮生意也會穩定成長，加幾年仔，咱著有將即間厝翻建樓仔厝兮能力。到時陣，咱有囝，有厝，尪某相親閣相愛，人世間無人比咱卡幸福兮！」

「當初要將汝帶回金門，我兮內心嘛承受真大兮壓力，驚汝凍袂條，頭殼轉一圈，包袱揹起來，講一句沙喲啦啦，再會吧，金門，彼聲我著大聲啦。」

「我捌佮汝講過，孫美鳳唔是彼款人，日久見人心，是我最好兮解釋，春兮，講相最無路用。做乎人看，才是真的。咱兮一言一行，一舉一動，別人兮目睭攏嘛金金看，做了著唔著，鄉里頭鄉里尾，親情朋友，厝邊嬸姆，自然會給咱做公斷，家己臭彈，家己歐佬，攏總無效啦！」

「鄉里每一人，攏嘛看咱有倘起，因爲我娶回來兮是一个無尙款兮臺灣查某，伊賢慧，伊勤儉閣骨力，伊對人和氣袂彎乞；伊對鄉里大細項代誌熱心、誠心來參與，俗語話講：娶到好某卡贏天公祖。即世人，會當佮汝結尪某，實在是三生有幸。」

「先嘜講有幸無幸，人閣卡勢，嘛無十全十美；失誤、疏忽，做唔著兮代誌一定有，尙可貴兮代誌是相互尊重、包容佮寬恕，千千萬萬唔通爲著一點小誤會來變臉，來打歹感情，按呢是真唔值。」

「講起來嘛有影，人那在抓狂，有時變仔神經神經，無想後果，無管三七二十一，啥米代誌攏做兮出。」

「是啦，忍一時，海闊天空。親像有時陣，汝兮興頭那舉起來，無管三七二十一，強強要騎起我兮腹肚頂，那是無小心，我腹肚內兮嬰仔嘛也乎汝活活疊死。凡事愛看時勢，該忍著忍，知影嘸？」

「真歹勢啦，即項代誌請汝著原諒。我雖然唔是一隻猾豬哥，但是，是一个正常兮查埔人，久無佮汝溫存，唔是袂想咧。」

「我知啦，人兮心攏尙款。我嘛是會想汝，即項無啥米倘見笑兮，是一對健康兮尪某，正常兮想法。只是即段時間咱攏愛忍耐，唔通滾笑，萬一無小心閣出代誌，即聲著慘啦！」

「我有一个想法，等汝生嬰仔滿月後，咱應該帶嬰仔來去臺灣一趟，倘乎二老兮歡喜歡喜，在伊兮心肝內，可能抱孫比嫁查某囝卡歡喜。」

「店內要宰樣？」

「叫阿弟暫時來逗跤手，少年家頭腦袂歹，學啥米攏真緊，跤手嘛袂含慢。有一工等咱樓仔厝起好，阿弟娶某後，會使佮伊參詳，咱兄弟同姒仔共同來經營，咱才有一點歇困兮時間，而且囝仔嘛需要咱家己來照顧佮管教，唔通忙於生意，無大人倘管教，乎囝仔大漢變鱸鰻，害著伊歸世人。」

「汝兮想法真好，而且阿弟兮土水工，有時嘛袂穩定，兄弟那會同心協力，同姒仔那會和睦相處，免驚事業袂發達。有時汝愛找機會佮伊參詳，嘛愛尊重伊養父母兮意見，唔通乎伊誤會，講咱是要利用伊。」

「會啦，時間還早兮，我也找機會慢慢佮伊溝通。講實在話，兄有量，也著嫂有量。美鳳仔，有量才有福啦，著嘸？」

她含笑點點頭，也點燃我心中的慾火。然而，我只輕輕地摟住她，輕輕地吻著她，輕輕地撫摸著她圓滾滾的腹部。我必須要忍耐，要等待，用愛來冷卻燃燒著的青春慾火。等待也是一切希望的開始，當孩子降臨人間，更是我們幸福的延續，我們將把無限的希望，寄託在孩子的身上，願他踏著幸福的腳步，儘管前行，眼前崎嶇的山路，已替他鏟平；滿佈的荊棘，已爲他斬除；橫流的溝渠，也已架上了便橋：孩子，衷心地盼望你平安地來到，我們將同時擁有一個幸福美滿的家庭……………。

第二十九章

我走向雨中
跪在雨中
不能接受這個殘酷的事實
我無顏面對胎死腹中的孩子
更無顏面對因子而命喪的美鳳
…………

颱風雖然離去，卻引來強烈的西南氣流。連日風雨不斷，林木東倒西歪；雖然沒有造成人員的傷亡，但農作物的損失，老舊房舍的倒塌，卻是受災戶內心永遠的悲痛。

天災，讓我們倍感無奈。

雨，絲毫沒有停的意思。

我們早早打烊，點燃臘燭，柔和的燭光映照在我們小小的房間裡：愉悅的心境，幸福的笑容，隱藏在我們心中的是永恆不渝的深情。

孩子即將誕生，或許就在雨後陽光普照，風和日麗的時光裡。我們已做好萬全的準備：小小的衣裳，潔淨的尿布，相信美鳳也有足夠的母奶讓他吮吸，發揮爲人之母的天職。

椅子上，燭光下，是一位美麗的小婦人，展現著幸福滿足的微笑。她無怨無悔地跟著我回金門，她貪圖的不是榮華富貴，而是一份堅持和美德。明知這方小島嶼是一塊貧瘠的沙丘，她用愛讓它變成沃土，用愛讓種子萌芽，用愛讓幼苗成長，豐收的時節，不急於現在，而訂在未來。未來也是一個美好的希望，她的辛勤耕耘，努力灌溉，蒼天會賜予她應得的果實，絕不會讓她苦苦等待。

窗外的風聲、雨聲依舊。我遙對的是一個美的化身，豐滿的身軀，端莊婉約的姿態。

「阿明仔，汝嘛唔通按呢，明知影查某人大腹肚真歹看，汝偏偏直直看、金金看。看仔乎我起見笑。」

「美鳳仔，汝兮水，汝兮賢慧，人人歐佬。腹肚內是咱愛兮結晶，我真愛看，我永遠嘛看袂秈。汝在我心肝內永永遠遠、生生世世攏是一个水查某。」

「真兮呢？」

「當然。」

「生過囝兮查某是真緊老，到時是一枝老柴耙，唔是水查某。」

「唔是老柴耙，是老水仔老水兮水查某」

「三八兵兮嘴攏嘛真甜。」

「無影啦，在我心內阮米粉嫂仔兮嘴，實實在在是香甜仔香甜。」

「好啦，好啦。汝那袂嫌著好，是香是甜，汝家己知啦，時間無早，咱來去睏。」

她手撫腹部站起身，我扶著她緩緩地走向床邊，幫她褪去衣裳，讓她舒適地躺著，而後一遍遍輕輕地撫著她圓滾滾的肚皮。

輕輕地一遍遍。

一遍遍輕輕地。

撫著，撫著，撫著……

然而，就在我進入夢鄉的時刻，一陣陣痛苦的呻吟聲，取代了窗外的風聲和雨聲。我趕緊坐起，揉了一下眼，美鳳已坐在床沿，雙手按住下腹。

「美鳳仔，汝宰樣？」

「阿─明─仔，我─腹─肚─真痛，真痛！」

「美鳳仔，可能是要生啦，汝忍一陣，我開車送汝來去醫院。」

「外─口─風佮雨，要─宰樣去？」

「咱有雨衫，汝免驚！」

我快速地往外衝，屋外漆黑一片，風雨依舊。除了這部老爺三輪車，可代步外，在鄉下還有什麼辦法可想的。雖然老一輩的嬸姆會用傳統的方法來接生；但美鳳曾經有過流產的記錄，萬一再有個三長兩短，我將如何來面對，至少醫院是一個最安全最可靠的地方。

我帶著她先前準備好的小包袱，爲她披上雨衣，用毛毯鋪在小板凳上，讓她坐好，讓她斜靠在前頭的擋板上，車行不遠，隨即被荷槍的哨兵擋在尖銳的路障外。

「有沒有通行證？」二個荷槍的哨兵同時圍過來，其中一個操著不太標準的國語問。

「無啦，我無通行證。阮太太腹肚痛仔真厲害，要生啦，拜託，拜託，乎我過去。」我低聲下氣地向他們鞠躬，向他們行禮。

「現在是宵禁時間，上級有規定，沒有通行證，一律不能通過。」另一位說。

「恁二个有看著嘸，伊腹肚彼大个，即陣痛仔凍袂條，囝仔隨時會生出來，無緊送醫院，有危險啦。拜託，拜託！拜託，拜託！阮是善良兮百姓，唔是歹人。放阮過去，放阮過去。拜託，拜託！拜託，拜託！」我不停地鞠躬打揖，以哀求的姿勢和口吻，請他們通融，請他們放行。

「不行。沒有通行證，就是不能通過。出了事，誰負責！」他接著以強硬的語氣說。

耳際傳來美鳳一陣陣痛苦的呻吟聲，聲聲都像針一般地猛戳著我的心胸。此刻，我竟是那麼地無能，那麼地懦弱，堂堂陸軍裝甲兵中士退伍，卻受困這二位毛頭上兵。我深知軍中的若干規定，不能硬闖，尤其身處在這個自稱爲反攻大陸跳板的戰地金門——晚上十點戒嚴宵禁，一切由不得你不聽不從。動不動以軍法大刑伺候，管你是死是活。

我突然想起，村公所有通行證。快速地轉頭往村公所疾駛，猛力地敲門，叫醒天天醉茫茫，號稱五加皮的副村長，苦苦的哀求，總算他的良心沒有被五加皮酒毒化，心生同情，拿出那張比他祖宗十八代、比他祖宗神主牌還管用的通行證。我拿了就走，這種狗腿子，不值得我們稱謝。

重新來到哨兵處，他們仔細地看了再看，翻了又翻，終於讓我通行。我加足油門，車輪方滾動，忍不住心中那股無名火。

「幹俉娘！俉背做中士在帶兵兮時陣，俉攏是猴囝仔一个，今仔日竟然欺侮到俉背兮頭殼頂！」

「阿—明—仔，」她微弱的聲音，不是有事叫我，而是要我不能生氣，不能咒罵，不能說粗話。

一關過去又一關，一站過去又一站。帶著這張戰地政務戒嚴時期的神主牌，終於抵達了醫院，我把臉色蒼白、眉頭深鎖、痛苦呻吟的美鳳交給了醫生。心中彷彿放下了一塊巨石，我坐在產房外面的一張木椅上喘息，髮上的水珠滾落在我臉頰，一滴滴流進我冰冷的心。濕透的衣裳，讓體溫下降，讓手腳不停顫抖著，心也沒有片刻地平靜。我期待著助產小姐爲我報佳音，不管生男生女，同是我們愛的結晶……………。

久久，久久。等待又期待，還是不見那扇老舊的白色大門啓開。常聽人說，女人生小孩，就像母雞生蛋那麼地快速、那麼地簡單。然而，我在這深夜的白色長廊裡，已等了好久好久，爲什麼還未聽見孩子瓜熟蒂落的聲音？這是爲什麼？

這是爲什麼？

我站起身，寒風一陣陣地吹來，滲透著我微溫的身軀，上唇與下唇不停地顫抖著，齒與齒間相互碰撞的微響。猛然，一陣急速的推門聲，我快步上前，護士小姐慌張的神色、讓我未知先寒。

「先生，你太太的骨盤狹窄，胎兒過於巨大，造成子宮頸裂傷，引起大量出血，現在急需輸血，也要進行剖腹產。我們血庫已沒有同型的血液可輸給她，：：：：：：」

「小姐，」沒待她說完，我挽起袖子搶著說：「我輸給她，我輸給她！只要她們母子平安，什麼代價我都可以付出！小姐，請幫忙，請幫忙。請多多幫忙！」

然而，我的血型是A型，美鳳是B型，任我有滿腔的熱血，任我急得像熱鍋上的螞蟻，依然是死路一條。我的心已碎，我的手腳已軟。我該求助於誰？我向醫生下跪叩首，我祈求老天保佑。

醫生告訴我，除了母體大量出血，剖腹時，嬰兒臉部已呈黑褐色，已沒有心跳，沒有體溫。而且母體實在失血太多，不是幾百ＣＣ的血液可以挽救她的生命，他們已盡力了………………。

老天卻默默無語地落著雨，不停地在哭泣…………。

我走向雨中。

跪在雨中，

不能接受這個殘酷的事實！

我無顏面對胎死腹中的孩子。

更無顏面對因子而命喪的美鳳，

………………

第三十章

失去了美鳳猶如失去了一切
失去了孩子猶如喪失了希望
事業財富在我內心裡已是
一個空洞的名詞
在我未來的人生歲月裡
已沒有了一切
也沒有了希望
：：：：：：：：

醒來時，我躺在一張白色的床上。床頭高懸著一瓶點滴，小管子尾端的針頭直通我的血管。坐在床邊的是淚流滿臉的阿弟，吵雜的人聲是村裡的左鄰右舍、親堂嬸姆。我的意識清醒，是什麼事端讓我身心支撐不住軀體，而躺在這裡。多少輕聲細語的安慰，千萬句保重身體的叮嚀，我閉上眼睛不是爲了休息和逃避，而是要讓悲傷的淚水流乾，任誰也無法接受這個殘酷的事實，尤其是對一位無父無母的孤兒來說，更如地坼天崩般，想置我於死地。

我愧對孫伯父、孫伯母，他們把一位乖巧、善良、標緻的女兒交給我。如今，在他們面前的是一具冰冷的女兒屍體，以及黑褐色的孫兒屍身，當他們來到金門，由我們攙扶他攀登太武山，遙望故國河山的美夢將成空。殘酷的事實總是要面對，總是無法逃避，因爲我們是人，不能沒有良知，只能面對蒼天加諸我們的一切苦難，其他，別無選擇。如果能與妻兒一起離去，是我此時求取解脫的最佳方式。然而，美鳳能同意嗎？孩子是否會點頭？我心如刀割，如針猛戳，所有的思索，都是空洞而不實際的表徵，最好的答案或許就是一滴一滴滾下的淚水。

村人同意我把美鳳和孩子的靈身運回店裡，因爲它在村郊，依習俗亡魂是不能入村的，一旦我們不顧世俗，擅自入村，必將遭受村人的排斥。我以悲痛的心情，詳細的電文向孫伯伯、孫伯母稟告事實的原委，除了祈求他們的諒解，並請他倆同意，先讓他們母子入土為安，該負的責任，我絕不推諉。覆電很快來到：

志明賢婿：

得知美鳳母子遭遇不幸，悲慟萬分。此乃天意，凡人難抗拒，吾婿勿過於悲傷自責。因時間倉促，不克來金，後事由婿定奪，保重身體為要。

岳父母　泣上

他們以寬容取代指責，以天意做為慰藉，讓我依然沐浴在父愛與慈愛雙重的春暉裡。我上無高堂，下無牽絆，不惜化費多少，好讓她們母子風風光光地上山頭，這也是我唯一的心願，別無選擇的心願。唯一能做的一件事，能了卻我心願的一件事，往後我還能做什麼？還能為她們母子做什麼？或許只有我悲傷的淚雙行…………。

阿雅堅決要回來。然而，出入境尚未辦妥，船期遙遙不定，再怎麼趕，再怎麼心急如焚，情同姊妹的姑嫂，終究是無緣再見最後一面；屍骨已寒的孩子，也不能叫她一聲姑姑了，這是否就是悲歡離合的人生歲月？爲什麼我嚐到的是悲比歡多，離比合多？爲什麼我承受的苦難總比別人多一點？如果蒼天是公平的，爲什麼不在她們母子間擇一，伴我過完悲慘的一生…………。

往常，我們叫剛出世就亡故的嬰兒爲「死囝仔」，用幾塊木板釘成箱，在荒郊野地挖個坑，就神不知鬼不覺地把他埋下。然而，我的孩子是我與美鳳愛的結晶，是我們的心肝寶貝；他不是「死囝仔」，原本是我的希望，如今雖已絕望，但我再三地懇求親堂伯叔嬸姆們，把她們母子合葬在一個棺木裡，好讓美鳳就近來照顧來撫養，讓他們在陰間地府裡，同享家的溫馨和歡樂。他們勉爲其難地接受我的懇求，這也是他們在人間活了七八十年碰到的頭一遭。嬸姆爲她們母子淨身換衣，塞進金銀紙錢，四支長釘牢牢地釘住棺板的四角，裡面是她們母子安詳地長眠著，外面徒留我獨自落淚又悲傷…………。

我爲她們母子修了墓園，立下：

孫美鳳母子之墓

的碑石。而我是否有留在這個家的勇氣，是否能繼續把這方事業發揚光大？然而，我已不能——

我的手已握不住哪支小小的鍋鏟，

我的腳已踩不住三輪車的剎車板，

我的靈魂已隨著她們母子在野地裡神遊。

失去了美鳳猶如失去了一切。

失去了孩子猶如失去了希望。

事業、財富在我內心已是一個空洞的名詞，在我未來的人生歲月裡，已沒有了一切，也沒有了希望，我還冀求什麼，留戀什麼：：：：：。

我告訴阿弟，我到山林野地走走。

我爲即將歸鄉的阿雅留下一封信——

阿雅：

當妳踏上浯鄉的土地，返抵家門，迎妳的是嫂嫂的遺像，為兄的祝福。

我們生在一個悲傷的年代，不幸的家庭，雖然戰勝了自己，卻輸給了命運；蒼天對待子民有雙重的標準。不幸的事故接二連三地降臨在我們這個原本就不幸的家庭。為兄只是世俗裡的一個凡人，心中有怨亦有恨。怨天地之不公，恨命運之乖謬。因而，我選擇以大地為家，讓歲月自然地腐蝕我的身軀，化為塵土。

為兄不才立下的一點小基業，就交由阿弟來經營，供桌上的列祖列宗一併由他奉祀。

衣櫥下方的小抽屜裡所有的首飾，以及一張銀行存款單，是妳嫂嫂生前為妳準備的嫁妝，務必收下，願姑嫂的情誼長存妳心中。

對岳家，為兄深感虧欠甚多，家中尚有餘款存在郵局，存摺及印章鎖在櫃檯的抽屜裡，號碼是三六五七，請吾妹代勞，提領半數寄給岳家，做為二老的養老金，餘款由吾妹與阿弟逕行處理。

為兄心力已瘁，不克多言。願兄妹之情常在記憶中浮動，天涯海角亦有見面時……………。

兄
志明　手書

做完她們母子的頭七，我帶著武大哥送我的笛子，美鳳的遺照，提著簡單的行囊，在日薄西山的時刻，從後門抄小路，離開這個曾經讓我幸福，也讓我悲傷的地方。

我漫無目的地走著。
走向荒郊野地。
走向窮鄉僻壤。
走向茫茫的人海
……………

尾聲

朋友　你的故事已深深地感動著我
倘若我的腦未昏　手未抖
我將以文字來傳承
爲我們苦難的時代
爲這個不幸的家庭
寫下一個可歌可泣的篇章。

笛聲再次響起，依然是我無法詮釋的曲調，只感到一股無名的悲傷在心頭。在黯淡的燈光下，我看見他眼裡閃爍著淚光。我的頰上亦有涼涼的水珠在蠕動，伸手抹去，熱的又滾下來；是否感染了他故事中的淒涼況味，還是窗外飄來的雨絲讓我心寒。

笛音驟然停下，他掩臉嚎啕。在這漆黑的雨夜裡，在這荒郊野地，我彷彿進入了一個虛幻而恐怖的夢境裡，讓我毛骨悚然，不知所措。

「朋友，你的故事已深深地感動著我。倘若我的腦未昏，手未抖，我將以文字來傳承，為我們苦難的時代，為這個不幸的家庭寫下一個可歌可泣的篇章。」

「相信你能。」他肯定地說。

「或許我能。」我不敢肯定地答。

我起身告別，窗外的風聲雨聲依舊，不知此刻是何時。

我站在門外環顧四周，隱約地看到一個美麗的倩影，從遠方飄來，很快地就消失在這方破舊的屋宇裡。幽揚的笛聲，柔和的音韻，已取代來時的悲傷和蒼涼。

我佇立在雨中，揮起沈重的手，默默地唸著：

朋友

天色已晚，夜深沉

離別總有再見時

當悲傷的淚水流乾

小路盡頭光明已在望

你吹笛　我歌唱

祝福二字同寫在我們的心上

…………………………

…………………………

（全文完）

二〇〇〇年九月脫稿於金門新市里

後記

五十年代是一個悲傷的年代。而我恰從這條坎坷的「紅赤土路」走來。親眼目睹一個不幸的家庭，以及許許多多在烽煙下求生存的島民。誠然，它們是激發我創作的原動力，而我卻不能以更生動、更華麗的文字來表達、來描述，僅以有限的知識，棉薄的心力，以空間換取時間，把故事呈現給讀者。

在鄉土語言尚未訂出一套標準的字音字形時，我拋棄人物對白中舊有的窠臼，嚐試著以方言來傳達不同區域的人物特性，讓國語與河洛話交叉運用。讀者初閱時，或許不太習慣，有時必須上下猜測，把它化成本土語音，始能更深一層地理解和領會。雖然，我已盡了心，盡了力。但距離完美尚遠，唯一感到安慰的是，在我生命中的黃昏暮色時分，竟能把這篇作品寫成，爲平淡的一生留下一個慚愧的紀念。其他，我能說什麼？一些「袂見笑」的「膨風」言辭，我恥於啓口，誠摯地接受善意的批評和指正並非恥辱，而是榮幸。

感謝同在這塊園地默默耕耘、相互鼓勵的朋友們。

但願讀者們——

乎我即个好死唔死兮老伙仔，一點點歐佬佮鼓勵兮博仔聲。

感謝恁！

二〇〇〇年十一月 於金門新市里

國家圖書館出版品預行編目資料

午夜吹笛人 / 陳長慶著. －初版－
臺北市：大展， 民 89
面； 21 公分 --（文學叢書；9）
ISBN 957-468-045-2（平裝）

857.7 89016627

午夜吹笛人 ISBN 957-468-045-2
作　　者／陳　長　慶
封面指導／張　國　治
封面構成／盧　昱　瑞
校　　對／陳　嘉　琳
發 行 人／蔡　森　明
出 版 者／大展出版社有限公司
社　　址／台北市北投區（石牌）致遠一路 2 段 12 巷 1 號
電　　話／（02）28236031・28236033・28233123
傳　　真／（02）28272069
郵政劃撥／01669551
E - mail／dah-jaan@ms9.tisnet.net.tw
登 記 證／局版臺業字第 2171 號
承 印 者／國順圖書印刷公司
裝　　訂／嶸興裝訂有限公司
排 版 者／千兵企業有限公司
法律顧問／劉鈞男大律師
金門總代理／長春書店
金門縣新市里復興路 130 號
電　　話／(082)332702
郵政劃撥／19010417 陳嘉琳帳戶
初版 1 刷／2000 年（民 89 年）12 月

定價／250 元

大展好書 好書大展

大展好書 好書大展